D·I·O
디오

박건 게임 판타지 소설
GAME FANTASY STORY

D.I.o3

박건 게임 판타지 소설

초판 1쇄 찍은 날 § 2010년 4월 16일
초판 1쇄 펴낸 날 § 2010년 4월 23일

지은이 § 박건
펴낸이 § 서경석

편집장 § 문혜영
편집책임 § 주소영

펴낸곳 § 도서출판 청어람
등록번호 § 제1081-1-89호
등록일자 § 1999. 5. 31
어람번호 § 제1-1138호

주소 § 경기도 부천시 원미구 심곡2동 163-2 서경B/D 3F (우) 420-822
전화 § 032-656-4452 팩스 § 032-656-4453
http://www.chungeoram.com
E-mail § chungeoram@chungeoram.com

ⓒ 박건, 2010

ISBN 978-89-251-2153-6 04810
ISBN 978-89-251-2108-6 (세트)

Dynamic island on-line

D.I.O

디오

박건 게임 판타지 소설

GAME FANTASY STORY

망자의 함[Dead Man's Chest] ③

Contents

Chapter 14 망자의 함[Dead Man's Chest]　　7

Chapter 15 테스트 종료　　115

Chapter 16 도망치는 자　　215

Chapter 17 탄생　　253

Chapter 14

망자의 함[Dead Man's Chest]

멀린은 5레벨까지 승급 시험을 완수한 후 곧바로 수련의 방에 들어갔다. 그리고 다시 스타팅에 돌아왔을 때, 이미 서문과 북문의 공성전이 끝난 상태였다.

"우와, 너 그거 봤어? 탱크?"

"탱크가 문제냐. 태극혜검 10성이다, 10성. 내가 지금 겨우 3성인데, 미친 거 아냐?"

등 뒤에 청강 장검을 걸친 사내는 어이가 없다는 듯 중얼거렸다. 심지어 무공의 성취는 후반으로 가면 갈수록 느려진다. 초반에야 비교적 빠르게 그 기예를 습득할 수 있지만 점점 한계에 맞닥뜨리게 되어 실력이 정체기에 들어가는 것이다.

"결국 보스는 그 녀석들이 다 잡았네."

"하지만 불만을 갖기도 뭐한 게, 솔직히 그 녀석들 없었으면 졌을 거라는 말이지."

어깨를 으쓱이는 사내의 말에 반대편 사내가 눈살을 찡그렸다.

"아… 진짜 더러워서 수련해야지 안 되겠다. 나 진짜 지금까지 내가 좀 잘난 줄 알았는데, 여기 유저 평균 수준 장난 아냐. 이건 뭐 길 가다 어깨 부딪치면 다 천재잖아? 심지어 천재들만 모인 2,500명 중에서도 그 수준이 극명하게 갈리는 건 또 뭐야?"

투덜거리며 걸어가는 유저들도 결코 약한 수준은 아니었다. 멀린은 통찰안으로 그가 내공 사용자이며 그 내공량이 2갑자를 넘어서는 수준이라는 사실을 알아볼 수 있었다. 내공량으로만 친다면 그보다도 두 배 이상 많은 양이었다.

"하지만 난 그 천재라는 말, 지금까지 되게 싫어했단 말이지. 빈둥빈둥 노는 녀석들이 내 노력을 전부 재능 탓으로 돌려 버리는 것 같아서 기분 나쁘기도 했고."

"어, 맞아, 나도. 근데 진짜 천재가 있을 줄이야."

투덜거리는 사내의 말에 친구로 보이는 사내가 한숨을 내쉬었다.

"제길, 천재라는 말을 싫어했는데도 막상 내가 평범하다는 현실을 마주하니 충격이다."

"아니, 이게 무슨 소리야? 내가 범재라니! 내가 범재라니!"

그들의 말을 들으며 멀린은 유저들이 공성전을 문제없이 막았다는 사실을 알 수 있었다. 또한 그 일등공신이 전에 보았던 그 두 명의 유저라는 것도.

"과연 가장 강한 수준이었군. 하긴, 아니면 아무리 나라도 좀 충격받았을지도."

그렇게 중얼거리는 멀린은 언제나 그랬듯 로브를 걸치고 있었다. 그러나 그 로브는 붉은색으로 바뀌어 있는 상태다. 아이템 등급도 9등급에서 7등급까지 상승한 상태. 수련의 방에서 가했던 연구와 강화의 결과물이다.

"하지만 역시 엄청나네. 진짜 겨우 이틀밖에 안 지난 거야?"

그가 수련의 방에서 경험한 시간은 무려 32일에 달했다. 당연한 말이지만 32일은 결코 짧은 시간이 아니다. 하지만 32일. 그러니까 한 달이 넘는 시간을 경험했거늘 디오 속 시간은 이틀이 지났을 뿐이고, 현실 시간으로 치면 고작 여덟 시간이 흘렀을 뿐이라니?

이건 실로 엄청난 일이 아닐 수 없었다. 누군 여덟 시간을 경험하는데 누군 32일을 경험한다. 현실에서의 하루는 디오 속에서는 6일이나 되고 100배의 시간이 흐르는 수련의 방에서는 100일이나 된다. 만약 똑같은 사람이 살아간다고 했을 때, 디오를 플레이하는 사람과 그렇지 않는 사람 간의 격차는 얼마나 크게 벌어질까? 게다가 만약 디오의 서비스 기간이 1년, 10년이 된다면?

"흠, 이건 좀 무서울지도."

정신연령이 80대에 달하는 소년… 도 불가능한 일이 아니다. 이건 사회적으로도 엄청난 영향을 끼칠 것이다. 어쩌면 디오를 플레이하지 않는 인간은 현대 사회의 가속하는 시대 변화를 따라가지 못할지도 모른다.

"아니, 뭐, 나야 재미있게 플레이하면 되지만."

그렇게 중얼거리며 걸어나가는 그의 어깨에는 축구공만 한 크기의 알이 떠 있었다. 처음 발견했을 때 크기가 주먹만 했다는 걸 생각하면 상당히 커진 상태였다.

"다음 공격은 남문이었지?"

"응. 게다가 그 지휘관이 리치야, 리치. 보나마나 광역 주문 날릴 테니 뭉쳐 다니면 안 될 텐데."

"항마력 중심의 장비를 맞춰 가야 하나?"

주변은 시끌시끌한데도 멀린은 사람들의 말에서 자신이 수련의 방에 들어가 있던 동안 벌어진 일에 대한 정보를 취득하고 있었다. 원래대로라면 이렇게 길가에서 수많은 목소리 사이에 섞여 있는 대화 중 필요한 것만 듣는 건 쉽지 않은 일이겠지만 괴물 같은 해석 능력을 가진 그로서는 마음만 먹는다면 10배속의 라디오 특강을 들어도 그 내용을 이해하는 건 물론 완벽하게 학습하는 것까지 가능했다.

"남문에 리치라… 그럼 전에 말했던 그 망자의 대지 쪽 몬스터라는 말이군."

멀린은 다이내믹 아일랜드의 전체 지도를 떠올렸다. 어차피 좌표까지 모조리 암기하고 있는 터라 맵은 불러올 필요조차 없었다.

"스타팅의 남쪽이라면… 그다지 멀지 않은 곳이 바다군."

그러고 보면 수영을 한 지 꽤 되었다. 어지간한 건 다 준비되어 있는 수련의 방이었지만 수영을 할 수 있는 공간까진 없었으니까. 게다가 절망의 숲 몬스터들이 성 근처에서 바로 나타난 것이 아니라 절망의 숲에서부터 스타팅까지 이동해 왔다는 걸 생각하면 망자의 대지 쪽 몬스터들 역시 거주 지역(?)에서부터 직접 이동해 올 것이다.

"가볼까?"

그의 능력은 초장거리 전투에 특화되어 있기 때문에 유저들 속에서, 혹은 유저들 뒤에서 저격을 가하는 것이 최선. 물론 그에게도 접근전 기술은 있었다. 금단선공으로 발동해 수성과 금성의 증폭을 받는 대력금강수라면 문자 그대로 일격 필살을 노릴 만한 위력을 발휘하니까.

"하지만 단발이란 문제가 있단 말이지."

그렇다. 단발이다. 금단선공의 특성상 단기간에 엄청난 위력을 발휘할 수 있긴 하지만 세상에는 얻는 게 있으면 잃는 것도 있는 법이라 금단선공은 다른 심법에 비해 극단적으로 느린 축기 속도와 회복 속도를 가지고 있는 것이다.

금단선공은 능력치상 다른 유저와 집마력 수치가 같다고 해도 모인 내력을 금단에 걸맞은 힘으로 정제하는 공정이 한 단계 더 필요. 결과적으로 다른 심법들에 비해 회복 속도가 현저하게 떨어진다. 물론 하고자 한다면 내공을 조금씩 분할해서 사용하거나 금단선공의 운기 속도를 높여 회복 속도를 촉진시킬 수도 있겠지만 그 효율은 결코 좋지 않으리라.

"하지만 바다라……."

서문과 북문의 공격을 넘기면서까지 수련의 방에 들어선 게 바로 그 사실 때문이었다. 그에게 가장 유리한 전장은 사람들 속이 아닌 물속이었으니까.

"좋아, 그럼 갈… 아니, 아니다. 그전에 인벤토리 정리부터 해야지."

그렇게 중얼거린 멀린은 걷기 시작했다. 장소는 스타팅의 중심부, 상점가였다.

　　　　*　　　　*　　　　*

"5실버 내지."

"에에? 겨우 5실버라니, 장난해요?"

"뭐? 겨우 5실버?"

보석상을 운영하고 있는 NPC 로덴은 황당하다는 표정을 지었다. 디오의 세계에서 1골드는 현금화해도 무려 5만 원에 달하는 돈이고, 그렇기에 5실버(10코퍼=1실버, 10실버=1골드)는 현금으로 쳐도 2만 5천 원에 달하는 금액. 당연한 말이지만 정신 바짝 차리고 열두 시간 동안 내리 사냥만 한다 해도 그만한 돈은 쉽게 벌 수 없다. 만약 그런 게 가능하다면 현실 시간 열 시간 동안 게임하는 것으로 12만 5천 원의 고수익—월급으로 치면 무려 375만 원—을 낼 수 있을 테니까.

멀린은 최상위급 던전의 보상으로 금전 감각에 문제가 생긴 상태지만 사실 디오의 세계에서 골드는 목격할 일도 별로 없는 물건이고, 실버 또한 상당히 큰 단위의 돈에 속했다. 3레벨 몬스터를 쓰러뜨려도 동화(코퍼)의 드랍률이 6%에 불과한데 동화도 아니고 은화, 그것도 5실버를 겨우라고 말하다니? 그러나 멀린은 진심으로 억울하다 생각하고 있다.

"그렇지만 진주가 이렇게 많잖아요!"

"아니, 그러니까 진주가 이렇게 많아서 5실버나 주잖아!"

발끈하는 로덴의 모습에 멀린도 슬슬 뭔가 대화가 엇나가고 있다는 걸 눈치챘다. 그도 그렇게까지 눈치가 없는 종류의 인간은 아니었다. 그렇기에 그 역시 현금 2만 5천 원치의 게임 머니는 그리 작지만은 않다는 사실을 자각할 수 있었다.

'어? 그럼 내가 좀 너무 썼나?'

원래 쉽게 얻으면 쉽게 쓰게 되는 법이다. 만약 멀린이 수없이 많은 몬스터를 잡아 돈을 벌었다면─물론 정말 그런 식으로 250골드를 버는 건 아무리 운이 좋아도 불가능하다─미스릴 풀세트처럼 무지막지한 가격을 자랑하는 아이템들을 덜컥 사지는 않았겠지. 하지만 단념이 빠른 멀린은 이내 긍정적인 사고방식으로 생각을 전환했다. 어쨌든 미스릴 풀 세트는 좋지 않은가. 값어치있게 쓰면 될 일이었다.

"흠, 정말 안 되나요?"

"…좋아, 5실버 4코퍼. 하지만 더는 안 돼. 그나마 이 진주들이 정가가 정해져 있지 않은 물건이어서 그렇지, 사실 깎아주고 더 주고 하는 건 원칙적으로 안 된다고."

'동네 시장이 아냐'라고 눈썹을 꿈틀대는 로덴의 말에 멀린은 고개를 끄덕였다.

"하하. 뭐, 그럼 팔게요."

그렇게 말하고 심해를 헤매며 채집했던 진주들을 모조리

처분했다. 어차피 별로 쓸 일도 없는 물건들이었기에 미련은 없었다. 물론 보석들도 처분하면 더 많은 돈을 벌 수 있을 테지만 마법사인 그에게 보석은 꽤나 다양한 용도를 가지고 있어 팔기 아까웠다.

"잘 가라."

"많이 파세요."

진주를 넘기고 받은 돈을 현금 주머니에 넣은 뒤 보석상을 나서자 길에는 언제나 그랬듯 수많은 유저들이 오가고 있었다. 일상적인 광경이나 자세히 보면 꽤나 장관이었다.

멀린의 앞으로 커다란 곰 형태를 한 환수의 어깨에 앉아 이동하고 있는 소녀가 보였다. 주위의 바람을 제어해 10여 미터 정도의 공중을 유유히 날아가고 있는 사내가 보였다. 비행 주문이 걸린 양탄자를 타고 미끄러지듯 나아가는 마법사가 보였다. 꺄르르 웃으며 주인의 주위를 맴도는 정령이, 사람의 몸보다 훨씬 거대한 거검(巨劍)을 들고 있는 검사가 있다.

그야말로 환상의 세계다.

현실에서라면 기절초풍할 만한 광경이 이곳에서는 일상으로 벌어지고 있다. 이젠 사람이 날아다니고 맹수의 등에 타고 다니는 모습 정도로는 아무도 놀라지 않았다. 왜냐하면 스스로도 할 수 있기 때문이다. 디오의 세계에 들어와 기초적인 테스트만 통과하면 그 어떤 이라도 이런 신비한 이능을 다룰

수 있게 된다.

"재미있단 말이지."

현실에서의 멀린, 즉 용노는 주로 비디오게임을 즐기는 편이었지만 온라인 게임도 여러 번 해본 적이 있었다. 물론 온라인 게임이라는 건 아무래도 단 한 명을 위해 컨텐츠(Contents: 게임, 인터넷 등의 IT산업에서 제공하는 정보나 서비스)가 집중되는 비디오게임에 비해 뒤떨어질 수밖에 없는 시스템이지만 단한 가지 요소에서 모든 게임을 압도적으로 누르는 힘을 가지고 있었다.

커뮤니티(Community).

그래. 그게 바로 온라인 게임의 핵심적인 요소, 심장이라말해도 좋은 서비스이다. 혼자가 아닌 다수의 사람들이 접속하여 함께 게임을 즐기고 서로의 기량을 겨루며 이야기를 나눌 수 있는 게임. 사람들이 굳이 온라인 게임을 하는 건 바로그런 커뮤니티 때문일 테니까.

타닥!

뭐가 바쁜지 사람들 사이를 달려가고 있는 검사의 속도는시속 80킬로미터가 넘어 보였다. 제법 감각이 날카로운지 누구와도 충돌하지 않고 이동 중이었는데, 그 순간 길 가운데설치된 벤치에서 책을 읽고 있던 마법사가 왼손을 들어 올렸다.

"아, 매너. 저 방어 주문 발동하니까 피해가세요."

"오케이. 좀 바빠서 죄송하게 됐습니다~!"

파팟!

달려오던 사내가 단 한 번의 도약으로 4미터 가까이 뛰어 오르더니 근처 간판이나 가로수를 밟고 화살처럼 날아갔다. 고작 한 달의 시간 동안 습득했다고는 도저히 믿을 수 없을 정도로 훌륭한 제운종(梯雲縱). 하지만 그렇게 뛰어다니면서 도 다른 사람들의 말에 귀를 기울일 수 있는 걸 보아 여력이 꽤 남는 모양이었다.

"그래. 어쩌면 저게 다 수련이군."

아무리 이능을 가진 유저들이라고 해도 상시 그것을 발휘 하는 건 역시 힘 낭비다. 하지만 그럼에도 저렇게들 힘을 쓰 는 이유가 무엇일까? 그건 그들이 자신의 능력을 계속해서 사 용함으로써 그 제어와 사용에 더 능숙해지려고 하기 때문이 다. 주변의 방해없이 행해지는 훈련 역시 능력을 발전시키는 데 도움이 되지만 자신의 이능을 일상적으로 사용하는 것이 야말로 가장 빠르게 능력을 발전시키는 훈련일지도 모른다.

"뭐, 그냥 과시하려고 저러는 것일지도 모르지만."

그렇다. 그런 이유도 있다. 사실 자세히 보면 주변에는 똑 같은 옷을 입은 사람이 거의 없을 정도였으니까. 다들 뭔가 독특한 방식으로 자신의 개성을 뽐내고 그 능력을 자랑했다.

별로 불러낼 필요가 없음에도 옆을 따라 걷고 있는 환수들이나 괜히 소환되어 있는 정령들도 비슷한 이유에서 여기저기 날아다니고 있었다. 어쩌면 그저 남들에게 보여주기 위해 필사적으로 소환을 유지하고 있는 이들 역시 있을지 모른다. 물론 그런 일을 반복함으로써 소환 시간을 연장시킬 수 있게 된다면 오히려 좋은 일이니 탓할 만한 태도는 아니었다.

"뭐, 화려해서 좋기도 하고."

당연한 말이지만 평범하게 걸어다니는 유저들도 꽤 있었다. 아니, 정확히 말하면 그런 유저가 더 많다. 다만 화려함이 부족해 잘 인식이 되지 않을 뿐인 것이다.

"…응?"

하지만 그렇게 주변을 둘러보다 문득 특이한 걸 발견한다. 다름 아닌 길가에서 좌판을 벌이고 있는 40대 초반의 사내였는데, [중급 대장장이]라는 타이틀을 가지고 있는 그는 아이델른이라는 유저로 머리 위로는 갈색 판자 비슷한 디자인의 창이 떠 있다.

7급 무기까지 팝니다. 종류 다양! 가격도 저렴합니다!

바로 이렇게. 멀린이 잠시 그 모습을 바라보고 있자 그가 말을 걸어온다.

"응? 하나 사려고?"

"에, 아뇨. 그냥 놀라서요. 무기점이 있는데 굳이 이런 식으로 팔면 의미가 없지 않나요?"

실제로 무기점에서 파는 무기들은 하나같이 명품에 그 수량 또한 무제한이다. 물론 등급이 7급에 제한되어 있어 그 이상의 물품이 없다는 단점이 있지만 무기점에서 팔지 않는 6급이상의 아이템을 만들지 못한다면 이런 개인 상점에는 아무런 의미가 없는 일이었다. 심지어 무기점의 물품들은 하나같이 명품이니 질에서도 부족하지 않은데 그 이하의 물품을 잔뜩 가지고 왜 장사를 하고 있단 말인가? 하지만 아이델른은 상관없다는 듯 말했다.

"하지만 무기점에서 파는 무기는 비싸니까."

"어, 그래요?"

눈을 동그랗게 뜨는 멀린의 모습에 아이델른은 황당하다는 표정을 지었다.

"아니, 이게 무슨 소리야? 아직 무기점 한 번도 못 가봤어?"

"아, 아뇨. 가보기는 했지만……."

'그게 비싼 거였구나' 하고 중얼거리며 좌판에 진열되어 있는 무기들을 살펴보았다. 그리 많지는 않았다. 대략 스무 개 정도의 무기들이 자리 잡고 있었는데, 그 기본 크기와 상관없이 전부 5센티미터 정도의 크기로 보였다. 심지어 1.5미터짜리, 2미터짜리 창들까지도 전부 소형화되어 한눈에 보기 쉬운 크기로 줄어들어 있는 것이다.

"와, 이것도 시스템적인 기능인가요?"

"환전소에서 파는 아이템 중 하나야. 아이템을 하나만 판매하는 개인 거래라면 몰라도 나처럼 다량의 아이템을 판매하는 사람한테는 꼭 필요한 물건이지. 무기 중에는 큰 사이즈의 물품들도 많아서 죽 늘어놓으면 공간이 너무 넓어지잖아."

실제로 그랬다. 대형 무기는 아니라 하더라도 가로 2미터, 세로 1미터짜리 좌판에 스무 개나 되는 무기가 진열되는 건 신기한 일이었다.

"저기, 이 단검 좀 봐도 돼요?"

"그러지."

멀린의 말에 아이델른은 좌판에 있던 단검을 집었다. 5센티미터라는 크기 때문에 무기라기보다는 무슨 모조품 같았지만 좌판에서 꺼내지는 순간 그 크기를 불려 25센티미터의 단검으로 변했다.

"오, 신기하다."

"게다가 작은 상태에서도 감정은 쓸 수 있어. 둘러보기 편하지."

진열되어 있는 장비를 획득하셨습니다! 계산하지 않고 가져가실 시 소멸되며 파손 시 변상하셔야 합니다.

아이델른의 말도, 떠오르는 텍스트도 무시하고 신중하게 단검의 모습을 살펴보았다. 전체적으로 균형도 잘 맞고 칼날 부분에서는 서늘한 예기가 느껴지는 명품.

멀린은 감정을 사용했다.

Item

[강철 단검]   7급   common

매우 잘 만들어진 단검이다. 별다른 기능은 없지만 면도날처럼 날카로운 예기와 상당한 내구력을 가지고 있다.

7급 무기였다. 언젠가 멀린이 느꼈던 것처럼 8급 무기만 돼도 매우 훌륭한 무기이고, 7급 무기면 거의 명인의 작품이라고 해도 좋을 정도의 물건. 물론 레벨 업 시험에서 무기 제작이 있으니 생산직을 선택하는 유저 역시 있을 거라고는 생각했지만 벌써 이만한 수준의 생산직 유저가 있을 줄은 몰랐다.

"와~ 잘 만드셨네요."

"평생 해온 일인데 잘해야지. 그래 봐야 6급 무기도 못 만드는 허당이지만."

단검을 살피던 멀린은 평생이라는 말에 깜짝 놀랐다. 요즘 세상에 이런 고전 무기를 평생 동안 만들어오는 사람이라니? 하지만 곰곰이 생각해 보면 예전 합동전투 대기실에서 만났던 랜슬롯은 디오에 접속하는 데 이런저런 조건이 있으며 인간문화재 같은 사람들에겐 우선권이 주어진다고 말했다. 아마 지금 그의 앞에 있는 중년 사내가 그런 사람이리라.

"얼마예요?"

"2실버."

"현금으로 만 원이네요."

캐쉬 아이템이라고 생각하면 상당히 비싸지만 성능을 고려한다면 합리적인 가격. 하지만 그렇다 해도 그가 가진 물건 중에는 꽤 고가인 모양인지—아니면 멀린이 가난해 보이는 걸지도 모르지만—아이델른이 재차 물었다.

"돈은 충분하냐?"

물론 돈은 꽤 있는 터라 충분했다. 하지만 그럼에도 멀린은 장난스러운 미소를 지었다.

"…그냥 주시면 안 돼요?"

"뭐? 야, 이 녀석아. 솔직히 그것도 게임이니까 그 가격에 파는 거지 현실에서 내가 파는 작품들은……."

"대신 저도 선물을 드릴게요."

가볍게 말을 자르고 씩 웃었다. 품속의 인벤토리를 열었던 왼손에는 희미하게 반짝이는 가루가 한 움큼 잡혀 있었다.

차르릉.

허공에 뿌려진 가루는 마치 뭔가에 이끌리기라도 한 듯 흩어지지 않고 소용돌이를 만들며 강철 단검의 주위를 맴돌았다. 행해지는 것은 부여 주문 인챈트먼트(Enchantment).

"어? 이봐, 너……."

아이델른이 뭔가 말하기도 전에 다시 멀린의 오른손이 빛났다. 정확히 말해 빛나는 건 손등에 박혀 있는 보석이지만 중요한 건 그게 아니었다. 중요한 것은 허공에 떠 있는 가루들이 멀린의 마력에 반응해 술식을 만들어내기 시작했다는 것이다.

"사나래."

천사의 날개를 뜻하는 단어를 중얼거리자 단검의 양옆으로 희미한 역장이 펼쳐졌다가 사라졌다. 그것은 일종의 비행 주문. 멀린이 가볍게 단검을 던지자 단검이 부드럽게 날아올랐다.

홍!

속도는 그렇게 빠르지 않아 시속 100킬로미터도 채 안 될 것이다. 투척물로 쓰기에는 너무나 느린, 정면에서 던지면 일반인도 피해 버릴 속도. 그러나 마치 제비처럼 하늘을 날아다니는 단검의 가치는 속도가 느린 것만으론 떨어지지 않는다.

"너… 부여술사냐?"

"네. 이 칼 그냥 주시면 아무거나 인챈트 하나 걸어드릴게요. 물론 아주 대단한 주문은 아니지만 실용성은 확 늘어날테고, 확언은 할 수 없지만 7급 무기 중에서도 좀 뛰어난 물건에 주문을 걸면 6급이 될지도 모르잖아요?"

현재 6급 무기는 무기점에서 팔지 않기 때문에 아무래도 그 가격이 더 높았다. 물론 몬스터들에게 드랍되어 나오는 물품도 있고 부여술사가 멀린 혼자만이 아닌 만큼 무지막지한 가격은 나오지 않을 테지만 가격이 뛰는 것만은 틀림없을 터였다.

"흠, 그렇다면 내가 손해 볼 건 없군. 좋다."

"어디에 걸어드리죠?"

"이게 좋겠다."

그렇게 말하며 꺼내 든 물건은 잘 만들어진 팔찌였다. 게다가 그 재질이 무려……

"어? 미스릴?"

"그래. 여기에 화염 내성 마법을 걸어줄 수 있냐?"

물론 멀린에겐 그리 어렵지 않은 일이었다.

"좋아요. 대신 유지 마력은 직접 주입하셔야 해요."

"물론이지. 난 이런 단검 하나로 영구 주문을 바랄 정도로 뻔뻔하지 못해."

그의 말을 들으면서 멀린은 다시 한 움큼의 가루를 집어 들었다. 그건 캘리브 대왕조개의 껍질을 갈아서 마법 처리를 한, 말하자면 일종의 마법 가루였다.

우우웅.

정해진 술식에 따라 마력을 배치하고 머릿속에서 이미지를 완성시켰다. 이건 보통 수준의 상상력이나 공간지각 능력으로는 도저히 불가능한 일이다.

'그러고 보니 공간지각 능력이라면 그 여자애가 진짜 대단해 보이던데.'

머릿속에서 어머니나 아버지의 얼굴을 떠올리는 것 정도는 보통 사람도 가능하지만 그걸 그림으로 그리라고 하면 눈, 코, 입의 위치가 따로 노는 것처럼 보통 사람들이 어떤 형태를 머릿속에서 완전히 그려내는 건 쉬운 일이 아니었다. 마찬가지로 소총이나 탱크 같은 현대 병기를 한 번 봤다고 해도 그걸 구현할 수 있느냐는 건 전혀 다른 차원의 문제였다.

게다가 소총이나 탱크의 겉모습만을 구현하는 게 아닌, 실제로 총알이 나가고 탱크가 움직이는 '기능'을 재현하려면 그 내부 구조, 심지어 나사 하나하나의 위치와 화약의 구성

성분까지 완벽하게 머릿속으로 그려낼 수 있어야 한다.

보통의 오오라 사용자는 주먹만 한 쇠 구슬을 구현하려고 해도 상당한 시간 동안 그 쇠 구슬을 들고 다니며 촉감이나 냄새, 그리고 부피와 무게 등을 파악해야 하며, 눈을 감고 있어도 그 형태와 크기를 완전히 떠올릴 수 있을 때까지 반복적인 인식이 필요했다.

> 미스릴 팔찌의 등급이 6급으로 상승하셨습니다!

아무런 내부 구조가 없는 쇠 구슬만 해도 그 지경이니 그 이상은 말할 필요도 없다. 좀 더 복합적인, 그러니까 손목시계 정도를 구현하려고 해도 그 난이도는 무시무시할 정도로 올라가는 것이다. 부품 하나하나, 시계의 작동 원리, 그 모든 것을 완벽하게 그려낸다는 건 어지간한 노력으로는 꿈도 못 꿀 일. 보통의 오오라 사용자들이 비교적 단순한 형태의 물건을 구현하는 것도 이와 같은 이유인 것이다.

하지만 그 상식을 크게 벗어나 버린 게 바로 크루제. 심지어 그녀는 탱크를 직접 본 경험조차 없다. 물론 외형이나 설계도―그나마 군 관련 TV프로에서 지나치듯 나오는 장면이었다―정도는 본 적이 있지만 단지 그뿐. 그런데 탱크를 실제로 구현하여 자유자재로 움직이는 것이다.

"자, 완료."

"벌써?"

그리고 그건 사실 놀라운 일이 아니었다.

무서운 일인 것이다.

"네. 좀 전에 비행 주문도 비슷한 시간에 걸었잖아요."

"흠, 하지만 정말 이렇게 간단하게 걸어서 계속 유지되는 건가? 내가 마법은 잘 모르지만 좀 더 힘든 걸로 아는데."

"사람마다 다르니까요."

"그런… 가?"

어차피 주문의 유지 시간은 감정 기능을 활용하면 알 수 있기에 사기를 치거나 하는 건 불가능. 게다가 멀린이 사용한 주문은 마력을 담아 자체 발동하게 만든 게 아닌, 외부의 마력에 반응하여 담겨진 술식을 기동시키기만 하는 일종의 마법 회로(魔法回路)였다. 때문에 건전지만 계속 교체해 준다면 몇 년이고 계속 사용할 수 있는 MP3처럼 꽤 오랜 시간 기동하리라.

"자, 여기요."

"그래… 고맙군. 그 단검은 넘겨주지."

강철 단검의 소유자가 '멀린'님으로 변경되었습니다!

말과 함께 텍스트가 떴다. 꽤나 편리한 기능이다.

"아, 그러고 보니 그 팔찌 작동시키려면 마력이나 하다못해 내공을 주입시켜야 하는데, 괜찮아요?"

"아, 그건 걱정할 필요 없어."

그렇게 말하며 아이델른은 품속에서 한 뼘 정도 되는 크기의 막대기를 꺼냈다. 한쪽은 푸른색, 한쪽은 붉은색이 칠해져 있어 마치 막대자석처럼 보이는 물건이었다.

"그건 뭐예요?"

"좌판과 마찬가지로 환전소에서 파는 변환기(變換機)라는 거다. 하급품이라 손실률이 30%나 되지만 이런 사소한 물품을 가동시키는 데는 나쁘지 않지."

'물론 손실률은 적을수록 좋겠지만 최상품은 6골드더라고. 미친 거 아냐?' 라고 중얼거린 아이델른이 막대기의 푸른색 부분을 잡고 기운을 일으켰다. 차크라(Chakra)였다.

웅―

차크라가 변환기를 따라 흐르더니 이내 마력으로 바뀌어 팔찌에 스며들었다. 그리고 이어진 술식 발현. 팔찌를 차고 있는 아이델른의 몸에 마법적인 효과가 깃들었다.

"오, 훌륭하군. 게다가 등급도 올랐잖아?"

제법 마음에 드는지 고개를 끄덕거리고 있지만 멀린은 그런 모습보다 그의 손에 들린 변환기를 보고 있었다.

'신기하다. 나중에 사야지.'

그렇게 생각하고 있는데 아이델른이 멀린을 바라보았다.

"너랑은 친하게 지내야겠군. 친추해도 상관없지?"

"치, 친추? 친구 추가요?"

물론 온라인 게임에서 친구 추가 하는 것쯤 별로 신기하지도 않은 일이지만 40대 초반의 중년 남자가 친추라는 말을 꺼내니 왠지 기분이 묘했다.

'아이델른' 님께서 친구 추가를 요청하셨습니다!

"수락… 이라고 하면 되나?"

의문형이었지만 시스템은 제대로 작동해 아이델른이 친구 목록에 추가되었다. 당연한 말이지만 등록되어 있는 건 그 혼자뿐이었다.

"더 살 거 있나?"

"아뇨. 더는… 아차!"

멀린은 급히 인벤토리를 열었다. 거기에는 아이템 정리를 위해 인벤토리로 옮겨놓았던 철광석과 곡괭이가 들어 있는데, 기초 테스트에서 얻은 것들이었다.

"이거 드릴게요."

"흠? 뭐, 철광석은 많이 있지만 더 있어서 나쁠 것 없지. 고맙게 받으마."

10킬로나 되는 철광석이지만 어차피 인벤토리를 다루는 그들에겐 별 짐도 되지 않는 물건. 품속에서 나온 철광석 부대와 곡괭이는 다시 아이델른의 품속으로 들어갔다.

"그럼."

꾸벅 고개를 숙여 인사하고 단검을 인벤토리에 넣고 돌아서는데 발에 뭐가 걸렸다.

"응?"

유저였다. 갈색 코트를 입고 있는 20대 초반의 사내였는데, 그는 반쯤 감긴 눈으로 가로수 아래에 누워 있었다.

"아, 그 녀석은 신경 쓰지 마라. 벌써 한 달 가까이 그러고만 있으니까."

"한 달 가까이 이러고 있다고요?"

아이델른의 말에 황당한 표정으로 사내를 바라보았다. [만사가 귀찮은]이라는 타이틀을 가지고 있는 '만보'라는 유저. 그런데 그에겐 뭔가 특이한 게 있었다.

"어라? 이건 뭐지?"

[만사가 귀찮은 만보]라는 아이디 위에 [귀차니즘]이라는 글자가 쓰여 있었다. 그리고 귀차니즘이라는 글자 옆에는 철색 왕관이 그려져 있는 것이 아닌가?

"저기요, 그 아이디 위에 있는 귀차니즘이라는 건 뭐죠?"

조심스러운 질문이었지만 만보는 여전히 뚱한 표정이었다.

"아, 말 걸지 마요. 귀찮게."

"……."

정말 귀찮음이 뚝뚝 묻어 나오는 목소리에 할 말을 잃었다. 뭔가 그를 경계한다거나 낯을 가린다거나 하는 게 아니라 정말 순수하게 '귀찮아' 하고 있다는 게 피부로 느껴질 정도인 것이다.

"더 말 걸어도 소용없어. 저 녀석은 처음 본 녀석한테 딱 그 한마디만 대답하고 더 이상은 입도 안 여니까."

"그럼 진짜 아무것도 안 하고 이러고만 있단 말이에요?"

"심지어 밥 먹는 것도 본 적이 없어. 그냥 매일 저러고 있지."

"헐……."

황당해서 다시 만보의 모습을 바라보았다. 그러나 사내는 그들이 자신에 대한 이야기를 하고 있음에도 아무 관심 없이 하늘만 바라보고 있을 뿐이었다.

'이렇게 아무것도 안 할 거면 왜 접속했지?'

문득 그런 생각이 들었지만 이내 자신과는 별 상관 없는 일이라는 걸 깨닫고 고개를 들었다. 여기저기 돌아다닌데다가 부여 주문을 사용하느라 시간을 끌어서인지 다음 공격이 얼마 남지 않은 상태다.

"그럼 이제 진짜 갈게요."

"그래. 공성전까지 몇 시간도 안 남았으니까 몸조심하고."

"네."

멀린은 씩 웃어주고는 몸을 돌렸다. 장소는 남쪽이었다.

*　　　*　　　*

"후우… 후우……."

크르르.

랜슬롯은 이빨을 드러내며 으르렁거리는 적을 창으로 견제했다. 그의 앞에 있는 괴물은 2미터나 되는 신장에 건장한 육체를 가진, 그러나 인간이 아닌 늑대의 머리와 수북한 털을 가지고 있는 웨어울프(Werewolf)였다.

"아, 아아… 새, 샌슨이……."

랜슬롯의 뒤에는 갈색 머리칼의 중년 여인이 주저앉아 있는 상태였는데, 그 얼굴은 창백했다. 눈앞에서 멀쩡하던 사람이 늑대인간으로 변하는 모습을 봤기 때문만은 아니리라.

'그래. 분명 어머니라는 설정이었지…….'

그는 시험에 들어오기 전에 읽었던 퀘스트 창의 내용을 떠올렸다. 그의 눈앞에 있는 늑대인간은 그녀의 아들이고 숲에서 우연히 발견한 진혈(眞血) 급 웨어울프의 시체를 발견, 그것을 구워 먹는 바람에―물론 늑대의 형태를 하고 있었을 것이다―바이러스에 감염된 일반인이었다.

'지켜줄 여유까진 없어.'

웨어울프라면 종족 레벨이 무려 6이나 되는 강력한 몬스터다. 물론 보통 사람이 보통 웨어울프의 바이러스에 감염된다면 이도저도 아닌 어정쩡한, 레벨로 치면 4레벨도 채 되지 않는 낮은 수준의 괴물이 나올 뿐이지만 그는 진혈 웨어울프의 시체를 직접적으로 섭취한 상태였다.

'피도 마시지 않고 고기도 구워 먹어 고위 웨어울프가 되지는 못했지만… 충분히 보통 늑대인간은 돼. 정면으로 싸워도 쉽지 않겠어.'

다행히 그가 들어선 시험은 [호위]가 아닌 [1:1전투]였기에 그녀를 지키지 않아 죽게 되어도 탈락은 하지 않으리라.

크아아!

그 순간 웨어울프가 몸을 한껏 낮춘 채 덤벼들었다. 그것도 그냥 몸을 낮춘 게 아니라 마치 야생 짐승처럼 네발로 땅을 박차 그의 목덜미를 노리고 이빨을 들이밀었다.

콰득!

랜슬롯의 창이 매섭게 움직여 웨어울프의 머리를 내리찍었다. 수백수천 번의 연습으로 완성에 가깝게 단련된, 그야말로 그림 같은 카운터(Counter). 당연한 일이지만 무술의 기본 원리 같은 건 상관하지 않고 무작정 달려들던 웨어울프의 두개골은 우득! 하는 소리와 함께 찌그러졌다.

캬악!

그러나 6레벨이라고 한다면 멀린이 예전에 싸웠던 공룡, 티라노사우루스도 6레벨이다. 티라노사우루스에 비해 신장, 힘, 육체의 튼튼함 등 모든 면에서 뒤지는 웨어울프가 티라노사우루스와 같은 레벨인 건 오류나 착오의 결과물이 아닌 현실적인 기준에 의한 분류. 어디까지나 지금 그가 상대하고 있는 웨어울프가 티라노사우루스 급의 괴물인 것이다.

쾅!

"큭!"

멈추지 않고 들이받는 웨어울프의 공격에 랜슬롯의 몸이 천장을 뚫고 밖으로 튕겨 나갔다. 두개골이 부서지는 타격은 웨어울프에게도 결코 가볍지 않은 듯 추가 공격까지 들어오지는 않았지만 웨어울프는 머리를 몇 번 휘휘 젓는 것만으로 회복이 끝난 듯 그를 따라 건물 밖으로 나와 네발로 땅을 딛고 랜슬롯을 노려보았다.

"보통 공격은 안 통한다는 말이군."

강대한 생명력과 재생 능력을 가지고 있는 웨어울프는 영적인 힘이 담겨 있지 않은 보통의 물리력으로 상대할 수 있는 적이 아니었다. 물론 웨어울프의 몸은 기본적으로도 매우 질긴 가죽과 튼튼한 골격을 가지고 있지만 그보다 훨씬 더 골치 아픈 것은 웨어울프들이 선천적으로 가지는 강력한 물리 저항(物理抵抗)이다. 즉, 보통의 물리력에는 저항해 버리기 때문에 마력이 담긴 무기나 은제 무기가 아니면 상처를 입히기 매우 어려운 것이다.

물론 아주 압도적인 물리력, 그러니까 탱크의 포격 정도라면 물리 저항이든 뭐든 상관없겠지만 그렇지 않은 공격은 통하지 않는다고 봐도 무방한 수준이다. 내공이나 마력 등의 이능(異能)을 가진 존재라면 또 모르지만 그렇지 않은 일반인에게 웨어울프란 존재는 열 명이 모이든 백 명이 모이든 상대하기 힘든 괴물 중의 괴물인 것이다. 그러나,

고오오오.

유저들 중 이능을 가지지 못한 이는 아무도 없다.

크아아!!

끓어오르는 랜슬롯의 기운에 위협을 느낀 것인지 웨어울프가 맹렬한 기세로 달려들었다. 랜슬롯은 그 타이밍을 노려서 창을 내찔렀지만 웨어울프의 반사 신경은 보통 수준

이 아니었다. 웨어울프는 붉은 안광을 번뜩이며 바닥에 엎드리듯 바짝 숙였다가 솟구치며 랜슬롯의 목을 물어뜯었다.

킹!

그러나 날카로운 이빨은 랜슬롯의 몸을 파고들지 못했다. 그의 피부가 질기다거나 한 건 아니었다. 그의 몸을 둘러싼 무형의 기운이 그를 보호한 것이었다.

"하압!"

이어 기합 소리와 함께 무형의 오오라가 폭발해 웨어울프의 몸을 하늘로 날려 버렸다. 당연하지만 날개가 없는 웨어울프는 완전한 무방비 상태! 그리고 그 아래에서 랜슬롯은 창을 두 손으로 잡고 수직으로 찍어 올렸다. 거기에 담긴 것은 대기가 흔들릴 정도의 거대한 오오라!

"안 돼!"

하지만 그 순간 집 안에서 나온 중년 여인이 랜슬롯의 팔에 매달렸다. 실로 위험천만한 짓이었다. 절호의 기회를 잡아 웨어울프를 단숨에 해치우기 위해 끌어올린 오오라는 그 자체만으로 강력한 살상 능력을 지니고 있다. 때문에 아무런 방어 능력도 없는 일반인이 함부로 엉겨 붙었다가는 부상 정도로 끝나지 않는 수준이었으니까.

"큭?!"

랜슬롯은 이를 악물었다. 처음부터 노리고 펼친 공격이기 때문에 끌어올린 오오라는 그의 제어 능력의 한계 수준이었다. 이 상황에서 여분의 오오라를 돌려 그녀를 살짝 밀쳐 낸다는 것은······.

'어쩌면··· 어쩌면 다른 유저에겐 가능할지도 모르지.'

그러나 직선적인 오오라 컨트롤마저 버거운 그에겐 불가능한 일이었다. 그는 영력의 제어 능력이 극단적으로 떨어졌다. 쉽게 말하자면 재능이 없다고 하겠다.

"안 돼요, 안 돼! 새, 샌슨을 살려줘요!"

팔에 매달리는 여인의 모습에 자신도 모르게 살심(殺心)이 치솟았다. 그는 성인군자가 아니다. 게다가 그녀를 해치기 위해서 굳이 추가적인 힘을 쓸 필요도 없다. 떨어지는 웨어울프를 향해 공격을 날리는, 원래 하려던 행위를 그대로 행하는 것만으로도 그녀는 악의적인 오오라에 휩쓸려 사망하리라. 유저들에게 있어 일반인 NPC란 병아리만큼이나 연약한 존재니까. 그러나······.

"제기랄."

콰득!

오오라가 수그러듦과 동시에 웨어울프가 기회를 놓치지 않고 랜슬롯의 목을 물어뜯었고, 오오라의 보호를 받지 못한 랜슬롯의 목은 웨어울프의 이빨을 견디지 못했다.

촤아악!

피가 튀는 소리가 들렸지만 황금빛 연기가 피어오를 뿐, 그 내용물은 전혀 보이지 않는 단면이 드러났다. 그러나 중년 여인에겐 그 광경이 그렇게 보이지 않는 듯 이내 얼굴이 창백해졌다.

"괘, 괜찮아요?"

"괜찮을 리가… 있겠냐, 이 망할 여자야."

콰득!

비틀거리는 그의 반대편 목을 웨어울프가 재차 물어뜯었다. 이미 목이 반쯤 뜯겨져 나가 목소리도 나오지 않았다. 치명상이었다.

'아, 제길. 망할 선행 포인트만 아니었으면……'

물론 선행 포인트가 중요하다고는 하지만 사망으로 인한 페널티만큼 대단한 수준은 아니라는 걸 생각하면 이건 단지 핑계에 불과했다. 그녀를 떨쳐 내지 못한 것은 단지 그의 선택이었을 뿐인 것이다.

"쿨럭."

목구멍으로 피가 넘어오는 감각을 느끼며 세상이 어두워진다는 기분이 들었다. 아무래도 시험은 실패인 모양이다.

NPC '테르나'가 악의없는 위협 행동을 취했습니다! 1/3

텍스트가 떠올랐다. 말하자면 삼진 아웃 같은 거였다. 바로 덤비는 NPC는 죽이든 말든 상관하지 않지만 노골적인 적의를 표시하지 않아도 유저를 위기에 빠뜨리는 NPC는 분명 존재했으니까. 그리고 그런 NPC들에게 너무 끌려 다니지 않게 하기 위해 만들어진 것이 삼진 아웃 시스템이지만… 이 경우엔 이미 늦었다.

'또 능력치가 위험 수준까지 떨어졌군. 리셋을 한 번 더 해야 하는 건가…….'

헛웃음 지으며…….

뚝.

그의 의식이 종료되었다.

*   *   *

이젠 설렌 마음이 내게 다시 시작되는 걸 느껴.

귓가에서 들리는 음악은 그의 귀 안에 들어 있는 손톱만 한 크기의 마법 장비에서 흘러나오고 있었다. 멀린이 수련의 방에서 작업을 시작했을 때 그냥 하는 것보다는 음악을 들으며 하는 게 즐겁다고 생각해 우선적으로 만들었던 물건이다. 기본적으로 MP3의 기능을 목표로 만들었지만 그의 제어에 따라 외부의 소리를 차단하는 것도 가능한 물건이었다.

"바다다."

멀린은 탄생의 성 남쪽에 위치한 바다에 도착한 상태였다. 그리 멀지는 않았다. 스타팅에서 남쪽으로 고작 5킬로미터밖에 안 되는 거리. 그러나 그 기후는 확연히 달랐다.

"와…… . 더워. 이게 말이 되나?"

잠시 스타팅을 돌아다녔던 멀린은 불과 3킬로미터만 더 올라가도 추워지기 시작하며, 5킬로미터 이상 올라가면 눈이 오기도 시작한다는 걸 알고 있다. 게다가 동문으로 나가면 무슨 아마존처럼 우거진 숲이 나오고, 서쪽으로 가면 얼마 지나지 않아 메마른 바람과 함께 사막이 나온다. 현실이라면 절대 존재할 수 없는 기후다.

"뭐, 수영하기엔 확실히 이런 날씨가 좋지만."

마치 하와이에 온 것처럼 화창한 날씨였다. 덥기는 하지만 숨이 막힐 정도의 폭염은 아니고 적당히 후끈한 열기가 느껴지는 수준. 게다가 여기저기 야자수가 서 있고 드넓은 모래사장이 펼쳐져 있다. 레벨 업에 지친 유저들이라면 피서 겸 와도 좋을 정도였다.

"장비 2번."

중얼거림과 동시에 몸에 걸쳐져 있던 붉은색의 로브가 사라지고 수영복—사실은 기본 속옷—차림이 드러났다. 이 복장은 아무리 고속으로 이동해도 벗겨지지 않기 때문에—피부와 일체화되어 있다—수영을 하기에 딱 좋은 물건이었다.

촤르륵.

멀린이 수면 위로 올라 앞으로 나아갔다. 물속에 잠겨드는 게 아니라 마치 빙판에 오른 스케이트 선수처럼 미끄러지기 시작한 것이다.

"지금부터 프리 스케이팅 대회를 시작하겠습니다. 맨 처음은 윤용노 선수!"

와아아! 하고 혼자 탄성과 박수를 해결한 뒤 수면을 박차자 처음에 느릿느릿 하던 속도가 점차 가속했다.

촤아악~!

매끄러운 곡선과 함께 미끄러졌다. 그 방향은 수평선이 보이는 바다 쪽으로, 보는 사람이 자신의 눈을 의심할 만한 광경이었다. 너무나 당연하다는 듯 물 위를 미끄러지고 있었으니까. 하지만 그 와중에도 멀린은 피식거렸다.

"윤용노 선수의 연기가 시작되었습니다. 아, 네. 윤용노 선수는 작년 겨울부터 주목받기 시작해서 매우 인상적인 연기를 남겼었… 아, 말씀드리는 순간 트리플 악셀……. 성공입니다!! 점수가 기대되는군요!"

촤아아악!!

점점 속도가 빨라졌다. 벌써 땅의 모습은 까마득할 정도로 멀어진 상태. 그리고 그 속도가 절정에 달한 순간―!

"어?"

물 위를 매끄럽게 가로지르던 멀린의 발이 물에 잠기며 몸이 기울어졌다. 멀린은 깜짝 놀라 몸을 제어하려 했지만 빠르게 이동하던 관성을 이겨낼 수는 없었다.

푸하학!

마치 물수제비를 만드는 돌멩이처럼 해수면 위를 몇 번이고 튕겨 나간 멀린의 몸이 거창한 물보라와 함께 물에 빠졌다. 물론 그의 속성력에 문제가 생긴 건 아니었다. 이유는 단하나 그의 생체 에너지, 즉 스태미나가 바닥을 보였기 때문이다.

물 친화 능력은 운용할 수 있는 에너지의 폭이 꽤 넓기 때문에 사용자의 마력으로도, 내공으로도, 심지어는 체력으로도 발동시킬 수 있는데, 지금 그는 그중 체력을 소모해 물 친화를 발동시켜 다 소모해 버린 것이다. 사용한 것이 체력이었기 때문에 심장은 미칠 듯이 쿵쾅거리고 당장에라도 숨이 넘어갈 듯 헐떡거렸다.

"헥헥… 트, 트리플 악셀은 좋았지만 엣지 사용이 잘못되었… 헥헥, 네요. 하지만 걱정할 것 없어요. 그랑프리 파이널이 있습니다. 네, 점수는… 187.56점!! 최고 점수… 헥헥… 입니다!"

배영으로 몸을 띄운 채 중얼거렸다. 헐떡이면서도 참 혼자 잘 노는 멀린이었다.

"헤엑… 히익… 후… 어이구, 힘들어. 그나저나 여긴 어디야?"

정신을 차리고 주변을 둘러보았다. 만약 보통 사람이었다면 사방이 모두 바다, 즉 망망대해의 장면밖에 볼 수 없겠지만 강화안을 사용하는 멀린은 멀리 보이는 땅의 모습을 볼 수 있었다.

"오, 꽤 멀리 왔네. 아차차."

멀린은 주변을 둘러보다가 문득 생각난 듯 양손을 들어 올렸다. 멀린의 오른손에는 세븐 쥬얼 학파의 경지가 높아지면서 만들어진 주홍색의 보석, 스피넬(Spinel)이 자리하고 있었는데 멀린이 살짝 눈을 감고 집중하자 은은한 빛과 함께 오른쪽 손등에서 마력이 뿜어진다. 왼손에서는 은은한 금빛과 함께 내공이 방사된다.

"식사 시간."

멀린은 자신의 오른쪽 어깨 위에 있는 알에 마력을 불어넣고 평소 금단과 알을 들고 다니던 염체, 샤이닝과 영휘에 내공을 불어넣었다.

우웅.

대략 십여 초 만에 식사(?)가 끝났던 예전에 비해 시간이 조금 더 걸린다. 그 시간은 대략 1~2분 정도. 이내 마력과 내공 주입을 마치자 텍스트가 떠올랐다.

> 위칼레인의 반지 등급이 6급으로 상승하셨습니다!

"오케이. 드디어 동 레벨로 맞췄다."

양손 중지에 끼워져 있던 위칼레인의 반지는 왼손의 중지와 약지로 이동한 상태였다. 그의 오른 손등에 만들어진 스피넬, 즉 마정석에 담겨 있는 마력과 염체들이 받아들인 내공이 약간의 반발을 일으켰기 때문이다.

팡!

멀린은 정사각형의 형태를 이미지해 염체의 모양을 굳힌 후 왼손을 휘둘러 후려쳤다. 그러나 염체는 깨지지 않고 그 공격을 튕겨냈다. 멀린이 전력을 다한 게 아니었다고는 해도 그의 수공은 이미 경지를 넘어선 상태. 그걸 견뎌냈다는 건 염체가 상당한 강도를 지니게 되었다는 말이다.

"좋아, 이 정도면 화살이 아니라 총탄도 문제없이 막겠군. 물론 그 여자애의 총알은 무리겠지만……."

멀린은 언젠가 보았던 크루제의 사격을 떠올렸다. 겉으로 보기에는 어린 나이의 소녀가 현대 병기를 사용하는 것 같은 모습이지만 그녀가 사용하는 건 절대 평범한 무기가 아니었다. 물론 단순 물리력으로만 치자면 실존하는 현대 병기보다 약간 더 강력한, 그러니까 고작 두 배에서 네 배 정도 더 강할 뿐이겠지만 거기에 담겨 있는 강렬한 염(念)은 모든 방어를 무너뜨려 치명적인 타격을 줄 것이다.

그건 마력이든 내공이든 생체력이든, 심지어 외차원의 힘을 비추어 발동되는 신성력이든 절대 피해갈 수 없는 강력한 돌파력을 가지고 있다. 짐작하건대, 아마 지금의 멀린이 그 총격을 정면으로 맞으면 한 방에 즉사하는 상황을 피할 수 없으리라.

"흠, 결국 그걸 막으려면 직접 쳐내야 한다는 말인데……"

그러나 그런 방법도 요원한 일이다. 총알의 속도는 너무나 빠르다. 이제는 화살 정도쯤 수십 발이 날아들어도 모조리 쳐낼 수 있는 멀린이지만 화살의 속도는 시속 250킬로미터, 빨라야 300킬로미터인 것에 비해 총알의 속도는 초속 990미터. 시속으로 치면 무려 3,500킬로미터에 달한다. 화살보다 열 배 이상 더 빠른 것이다. 그런데 그걸 보고 쳐낸다? 대체 신경 속도가 얼마나 빨라야 한단 말인가?

"아니, 가만. 그 오크 녀석은 다 쳐내지 않았나? 그것도 기관총처럼 쏟아지는 총알들이었는데."

하지만 그렇다면 이상한 일이다. 만약 그 오크가 그 정도의 신경 속도와 지각 능력을 가지고 있다면 아무리 유저들이 강해도 질 리가 없다. 그 정도 지각 능력이면 어떤 공격도 맞을 리가 없으니까. 자신에게 쏟아지는 모든 공격이 굼벵이가 기어오는 것처럼 보일 텐데 왜 당한단 말인가?

"그렇다면 뭔가 다른 수가 있다는 말인데… 총구의 방향을 보고 예측했나? 아니야. 물론 그러면 간단하겠지만 그 녀석은 뒤쪽에서 가해진 저격도 막아냈어."

정면에서 쏘는 총이라면 멀린이라도 얼마든지 막아낼 수 있다. 이러니저러니 해도 내공은 인간을 인간 이상의 존재로 만들어 버리니까.

총알이 날아오는 걸 인식하지 못하는 게 문제지 어디로 날아올지 알 수만 있다면 총알을 막는 것도 별로 어렵지 않다. 굳이 대단한 천재가 아니라도 무(武)의 경지가 일정 수준을 넘어서면 투로(鬪路)를 읽는 것쯤 기본으로 할 수 있기 때문에 총구만 봐도 총알이 어떻게 날아갈지는 그린 듯 볼 수 있다.

인식하는 게 문제다. 인식만 할 수 있다면야 초음속의 공격 정도는 너무나도 간단하게 막아낼 수 있는데, 공격을 인식하지 못하고 거기에 반응하지 못하는 게 문제가 되는 것이다. 인식 이상의 속도의 공격이 가해지면 차라리 내공을 전신에 둘러서 방어하는 게 간단하지, 칼로 정확하게 쳐낸다는 건 쉬운 일이 아니다.

"그래도 결국 녀석은 했어. 그렇다면 뭔가 다른 수단이 있다는 말인데… 응?"

하지만 생각은 거기에서 멈췄다. 발밑, 그러니까 물속에서 뭔가 거대한 힘이 느껴졌기 때문이다.

우우우우…….

멀린은 숨을 죽였다. 농담이 아니었다. 정말 무지막지한 생명력을 느낀 멀린은 아무런 움직임도 취하지 못했다.

"뭐, 뭐야? 필드 보스인가?"

하지만 상대방에게서 적의는 느껴지지 않았다. 단지 그냥 거기에 있을 뿐이었다. 아마 그가 뭔가 저지르지 않는 한 상관하지 않을 분위기였지만 그냥 지나갈 생각이 없는 멀린은 영명안을 사용해 바닷속을 훑었다.

"저건……."

마치 레이더처럼 반경 2킬로미터에 가까운 공간을 투사한 멀린의 머릿속에서 목표의 외형이 그려졌다. 그것은 심해에 위치해 주변 사물과 구분할 수 없을 정도로 완벽한 의태(擬態)를 선보이고 있었지만 어차피 상대의 기운을 읽는 멀린에게는 상관없는 일.

"오징어?"

그것은 레벨 17의 크라켄(Kraken)이었다. 신화나 전설에서

나 나온다는 바다의 수호신, 혹은 바다 괴물로 불리는 그 몬스터의 덩치는 실로 상상을 초월하는 수준이었다. 몸통과 접혀 있는 다리까지만 쳐도 거의 600미터에 가까운 크기였다. 600미터라는 게 말이 좋아 600미터지, 이건 이미 생물체의 신장이 아니었다. 600미터면 에펠탑(300미터)보다도 두 배나 커다랗다는 말이 아닌가? 심지어 이리저리 엉켜 있는 다리의 길이는 더 길 것이 뻔한데다 그 육중함도 보통이 아닌지라 무게는 짐작조차 안 갈 정도였다.

"와! 덩치 때문인지 에너지 총량이 엄청나다. 마력이나 내공은 아니고… 일종의 생체력? 아니, 이럴 게 아니라 좀 더 가까이에서 봐야지."

멀린은 그렇게 중얼거리더니 망설임없이 잠수해 들어갔다. 크라켄과 멀린은 덩치에서부터 가진 힘까지 거의 태양과 반딧불 정도로 큰 차이가 나는데도 겁을 상실한 멀린은 순식간에 해수면에서 200미터 정도 떨어진 크라켄의 몸 위로 이동했다.

'반응은… 없군.'

멀린이 왔든 말든 관심이 없는 듯 크라켄은 움직일 기미를 보이지 않는다. 사실 그는 모르고 있었지만 크라켄은 '일정 크기 이상의 함선'에 반응하라는 명령[Order]을 받은 함정 몬스터(Trap Monster)이다.

크라켄은 다이내믹 아일랜드의 먼 남쪽의 비밀의 공간, 즉 [신대륙]의 업데이트가 종료될 때까지 이동을 차단하기 위해 바다 위를 떠다니는 함선을 공격하는 몬스터로, 이곳에만 있는 것이 아니어서 일정 거리에 한 마리씩 배치되어 있다. 이들은 유저들이 험난한 바다를 헤쳐 나갈 수 있는 기구를 만드는 것을 대비하여 만들어졌기 때문에 멀린처럼 혼자 다가온 유저에게는 굳이 반응하지 않는 것이다.

단순히 헤엄을 쳐서 이동하고 있는 멀린에게 '신대륙으로 향하는 함선들을 가라앉힌다'는 존재 목적을 가진 크라켄은 문자 그대로 아무런 위협도 되지 않는 존재다. 쉽게 말해 그냥 무시하고 가면 아무 문제 없을 상황.

하지만 멀린은 내공을 일으켰다.

웅.

10년의 내공이 수성(水星)에서 20년의 내력으로 증폭. 또한 20년으로 늘어난 내력이 다시 금성(金星)을 통과하며 40년의 내력으로 증폭된다.

이것이 바로 금단선공의 비전(秘傳), 무유생계(無有生界)다. 단기결전에 유리하다곤 해도 다른 심법에 비해 그 효율이 극단적으로 떨어지는 금단선공에 극강의 위력을 선물하는 오의 중의 오의. 실제로 지금 멀린의 손에서 일어난 장력은 3갑자가 넘는 내공을 가진 유저들도 쉽사리 따라 할 수 없는 위력이 실려 있었다.

쩌엉!!

한순간 마치 바위처럼 보이던 크라켄의 외피가 움푹 파였다. 당연하지만 이런 공격을 받고 크라켄이 가만히 있을 리 없었다.

우우우우우우우!!!!!!!!!

필드 보스(Field Boss) 크라겐(Kraken)이 등장합니다!

600미터에 달하는 신장을 가진 크라켄이 몸을 일으키는 것만으로 바다가 뒤집어지고 해일이 일어났다. 꿈틀거리는 열 개의 다리는 하나하나가 어지간한 크기의 기차를 네다섯 개씩 뭉쳐 놓은 것만큼 두터웠다. 농담이 아니라 그 열 개의 다리면 항공모함이 와도 완전히 감싸 뭉개 버리는 게 가능할 정도였다.

쿠아아아!

당연한 말이지만 크라켄이 난동을 부리기 시작하자 물속도 난리가 났다. 마치 세숫대야에 손을 넣고 마구 휘저은 것처럼 해류가 엉망으로 뒤엉키고 해일이 일어나며 여기저기에서 소용돌이가 생겨나는 것이다.

콰아아!

무시무시한 광경이었다. 어지간한 거대 함선이라 해도 30초를 채 못 버틸 정도. 굳이 크라켄이 공격하는 게 아니라 물속에서 난리를 치고 있기만 해도 마치 폭풍우를 만난 것처럼 바다가 흔들렸다. 게다가 크라켄은 그 커다란 덩치에도 불구하고 멀린의 위치를 정확히 파악하고 짓뭉개려 드는 것이 아닌가?

크라켄과 멀린의 신장 차이가 거의 사람과 벌레 수준의 차이라는 걸 생각하면 크라켄은 일반적인 생명체라고는 도저히 생각할 수 없을 정도의 지각 능력을 가지고 있는 것이다.

'훗.'

그러나 멀린은 피식하고 웃었다. 그래, 확실히 무섭다. 바다에서 이런 거대 괴수는 문자 그대로 재앙이라고밖에 볼 수 없는 존재. 하지만…….

그럼에도 물속에서 멀린을 잡을 수는 없었다.

촤악!

멀린은 뒤엉키는 해류의 흐름에 편승해 자신을 덮쳐 오는 거대 건축물 같은 다리들 사이를 매끄럽게 빠져나왔다. 그 과정은 마치 하늘하늘 허공에 떠다니는 먼지 같다. 하늘에 떠다니는 먼지를 잡기 위해 아무리 매섭게 손을 휘둘러 봐도 먼지는 바람을 타고 손가락 사이로 빠져나와 버린다.

크아아아아아―!

크라켄이 무시무시한 기세로 포효했으나 소용없다. 멀린은 이미 크라켄의 다리 사이에서 빠져나와 있었다. 물론 크라켄은 그런 멀린의 위치까지 파악해서 다리를 휘둘렀지만 물속에서의 멀린은 UFO나 다름없는 존재. 관성도, 물리법칙도 모른다는 듯 직각으로 방향을 틀어 그 모든 움직임을 피해 무시무시한 속도로 물러났다. 그 속도는 고작(?) 시속 300킬로미터밖에(?) 안 되지만 그 움직임이 너무나 변칙적이어서 크라켄으로서도 도저히 잡을 방법이 없었다.

"와~ 화났다~"

멀린은 장난스럽게 웃으며 바다를 가로질렀다. 그 움직임은 손안의 미꾸라지같이 변칙적이다가도 가속하면 날아가는 화살보다 빨랐다. 거대하긴 하나 결코 섬세하다 할 수 없는 크라켄의 공격을 피하는 건 그에게 긴장조차 되지 않는 일. 그는 물 위로 상체를 꺼내 이동하며 난동을 피우는 크라켄의 모습을 바라보았다.

"하지만 제법 세게 쳤는데도 타격이 없네. 아무리 그래도 그렇지, 40년 내공으로 후려치는데도 멀쩡하다니."

물론 아무 느낌조차 없지는 않았으리라. 그렇다면 대기 상태였던 크라켄이 이 난리까지 피우지는 않았을 테니까. 하지만 크라켄의 덩치는 너무나도 컸고, 그렇기 때문에 멀린의 수공으로도 치명상을 주는 건 도저히 불가능한 일이었다. 굳이 예시를 든다면 크라켄에게 있어 멀린의 수공은 인간이 느끼는 바늘에 찔리는 정도의 타격이라 할 수 있었다. 찔리면 매우 아프고, 그래서 화가 나지만… 그걸로 목숨을 빼앗기란 요원한 일이다.

"내공으로 잡으려고 하면 저놈이 가만히 있는다 치고 내가 한 일주일 동안 패기만 해도 어림없겠네."

크라켄은 특별히 다루는 힘이 없었다. 하지만 그럼에도 그 크기는 일반적인 생명체라고 보기 힘든 수준이라 그 육체 자체로 강력한 생명체라 하겠다. 굳이 말하자면, 생체력 사용자라고 할 수 있는 존재. 그리고 생체력 사용자는…….

"생명력이 질기지. 못 잡겠네, 저거."

물론 크라켄도 멀린을 맞추긴 거의 불가능했지만 일단 맞기만 하면 치명적인 타격을 입을 수밖에 없는 데 반해 멀린의 공격은 아무리 때려도 크라켄을 죽일 수 없을 정도로 미약했다. 나름 강력한 한 방을 가진 그였는데도 이런 지경이라면 그야말로 수준이 다르다고밖에 볼 수 없다. 실제로 레벨 차이가 심하기도 하고 말이다.

'아깝구먼. 경험치가 장난 아닐 것 같은데.'

중얼거리는 와중에도 멀린의 몸은 크라켄과 빠르게 멀어지고 있어 이미 5킬로미터 이상 벌어진 상태였다. 뭔가 자신만의 감지 능력을 가진 듯해 보이는 크라켄은 멀린을 놓쳐 버렸다는 사실을 깨달은 듯 잠시 더 난동을 부리다가 다시 물속으로 가라앉았다.

"일단 잠시 휴식."

멀린은 잠시 멈춰서 내공과 마력을 회복했다. 마력이야 알에 조금 주입시킨 것 말고는 소모가 별로 없었지만 내공은 조금 전에 사용한 대력금강수 때문에 소모가 상당했다. 물론 5레벨이 되면서 영력의 허용치가 상당히 늘어났지만 그가 수련의 방에 들어간 뒤 흐른 시간은 현실에서 여덟 시간. 디오의 세계에서조차 고작 이틀이 지났을 뿐이다. 수련의 방에서 한 달이 넘는 시간을 보냈다곤 해도 그 안에선 영력의 최대치를 늘릴 수 없기 때문에 내공량이 급증하지는 않는 것이다.

"후우."

그러나 회복은 빨랐다. 금단선공의 운기 속도는 느린 편이지만 그 화후가 7성이라면 이야기가 달라지니까. 오히려 다른 사람들이 본다면 멀린의 심법이 회복 속도가 상당히 빠른 종류라고 오해할 정도인 것이다.

"그나저나 도착했네."

멀린은 수면 위로 머리만 내놓은 채 저 멀리 보이는 목표물의 모습을 바라보았다. 그건 한 척의 배. 그러나 평범한 규모의 배가 아니었다. 길이만 해도 400미터에 가깝고, 폭 역시 30미터에 높이만 해도 10층은 가볍게 넘어 보이는 4만 톤(t)급 거대 함선.

망자의 함[Dead Man's Chest].

"우와, 저기에 망자의 대지에서 온다는 1만 대군이 다 타고 있는 건가?"

어마어마한 크기였다. 언젠가 영화에서 봤던 호화 여객선 만큼이나 거대한 크기. 게다가 온통 새까만 색으로 칠해진 망자의 함은 정체조차 알 수 없는 기묘한 재질로 만들어져 있는 데다가 돛조차 달려 있지 않았다. 아마 기존의 선박과는 다른 방식의 이동 수단을 가지고 있는 모양이다.

"어디 보자… 쉽지는 않겠는데?"

멀린은 영명안으로 망자의 함을 살펴봤지만 뭔가 마법적인 조치가 있는 것인지 내부에 있는 몬스터들의 위치를 파악할 수 없었다. 그나마 확인 가능한 건 갑판 위에 올라와 있는 1천여 정도의 언데드들뿐. 대부분의 언데드는 좀비(Zombie)나 구울(Ghul), 스켈레톤(Skeleton) 같은 하급—모두 종족 레벨 2였다—몬스터였지만 중간 중간 스켈레톤 메이지(Skeleton Mage)나 데스 워리어(Death Warrior) 같은 중급 몬스터들도 섞여 있었다.

"건드려 볼까?"

멀린은 망자의 함에서 1킬로미터 정도 떨어진 거리에서 데케이안의 각궁을 꺼냈다. 화살은 무기점에서 구입한 철시였다.

쒜엑!

시위를 당기고 목표를 겨누는 동작조차 없었다. 수성과 금성의 증폭을 받기 위해 1초에 지나지 않는 강화를 행하는 그에게 시위를 당긴 후 목표를 겨눈다는 건 실로 사치스러운 행위다. 하지만 그럼에도 오발은 없다. 그의 조준은 시위를 당기기 전에 이미 완벽하게 끝나기 때문이었다.

퍽!

멀찍이 서 있던 스켈레톤 메이지의 몸이 허물어졌다. 기본적으로 사지가 떨어져 나가도 죽지 않는다는 스켈레톤이었지만 일격에 코어(Core)를 정확하게 파괴하였으니 견딜 재간이 없을 터였다.

"$$!#!@!!"

"#$@#!!"

순식간에 갑판 위가 시끌시끌해지고 언데드들이 이리저리 뛰어다니기 시작했지만 강화안을 사용할 수 있을 뿐, 천리지청술(千里之聽術) 같은 기술과는 연관이 없는 멀린은 소란이 났다는 것 외에는 알 수 없었다. 물론 소란이 났다고 해도 당황하지는 않았다. 이미 처음부터 가정하고 있던 상황이기 때

문이다.

퍽! 퍽!

두 스켈레톤 메이지가 추가로 쓰러졌다. 방어가 취약하면서도 상대적으로 레벨이 높은 적들을 우선적으로 처리하는 멀린이었다. 당연한 말이지만 방어 주문을 미리 외우지 않은 스켈레톤 메이지들이 멀린의 화살에 반응한다는 건 불가능한 일이었다.

퍽! 퍽! 퍽!

멀린의 화살이 여섯 번째 스켈레톤 메이지를 쓰러뜨릴 때즈음 덩치 좋은 구울 십수 마리가 앞으로 나서 정면을 막아서고 그 뒤로 방어가 취약한 언데드들이 숨었다. 구울이라고는 해도 앞으로 나선 건 덩치가 2미터가 넘는데다 두터운 덩치의 괴물들이어서 일반적인 철시라면 관통할 수 없는 방벽이었다.

"빤한 짓을."

그러나 멀린은 당황하지 않고 다음 화살을 시위에 메겼다. 아니, 사실 그것은 화살이 아니었다. 그것은 단창, 그것도 그가 부여한 파괴 주문이 걸린 물건이었다.

쾅!

단창이 구울의 두툼한 살점에 박혀듦과 동시에 폭발하자 주위 5미터 안에 있던 언데드들이 문자 그대로 박살이 나며 주변을 휩쓸었다. 방벽과 함께 엉망으로 엉키며 쓰러지는 스켈레톤 메이지들, 그리고 그런 메이지들의 코어에 정확히 철시들이 틀어박혔다. 1킬로미터 밖에서 가해지고 있다고는 도저히 믿을 수 없을 정도의 정밀 사격이었다.

"제길, 반격 안 당하는 건 좋지만 아이템을 못 먹네."

투덜거리면서도 멀린은 계속해서 기계적으로 화살을 발사했다. 그 과정을 반복하는 것만으로도 백 마리 정도의 언데드들은 더 잡을 수 있을 거라고 생각한 그였는데, 생각보다 언데드들의 반응이 빨랐다.

텅!

상대적으로 방어력이 취약한 언데드들이 갑판 위에 있던 엄폐물에 몸을 숨겼다. 하지만 철시를 맞아도 견딜 수 있거나 혹은 쳐낼 수 있는 데스 워리어들은 오히려 앞으로 나섰다. 물론 좀비나 구울들은 여전히 무방비였지만 그런 하급 몬스터들을 맞춰봐야 화살 값도 안 나올 터였다.

끼리릭.

게다가 그들은 단지 방어 태세만 갖춘 것이 아니었다. 어느새 망자의 함의 포문(砲門)이 열리고 있었다.

쾅! 쾅! 쾅!

포격이 시작되고 여기저기서 물기둥이 솟구쳐 올랐다. 물론 멀린이 물기둥에 휩쓸린다는 건 있을 수 없는 일. 멀린이 그 포격으로 피해를 입으려면 그야말로 포탄에 정면으로 얻어맞아야 하는데 물속에서 자유자재로 움직일 수 있는 그가 무려 1킬로미터 밖에서 곡선을 그리며 날아오는 포탄을 맞을 리가 없었다.

"중세 시대의 대포처럼 생긴 주제에 1킬로미터를 날아와? 저런 디자인의 대포들은 보통 200~300야드가 한계일 텐데."

'뭔가 마법적 조치가 취해져 있는 건가, 아니면 보기보다 더 좋은 물건?' 하고 중얼거린 멀린은 다시 데케이안의 각궁을 들어 올렸다. 반격을 하겠다는 생각은 좋았지만 그의 앞에 대포의 모습을 보인 건 크나큰 실수였다.

쾅!! 콰광!!

막 포격을 가하려던 포대 속으로 화살이 빨려들어 감과 동시에 대포가 폭발했다. 당연하게도 그 피해는 무지막지했다. 내부에 있던 폭탄들이 연쇄 폭발을 일으키면서 망자의 함의 포문이 통째로 터져 나갔다.

"대박!"

적들이 죽어나가는 모습에 멀린은 환호성을 지르며 다음 화살을 겨눴다. 포탄들이 터지면서 혼란에 빠진 언데드들은 멀린에게 문자 그대로 고정된 표적에 지나지 않았다.

"좋아. 이대로 잔뜩 휘저어 방어 기능을 무용지물로 만든 후 배 아래로 가서 대력금강수를 먹여 버리면 침몰도 충분히 가능해. 뭐, 튼튼해 보이는 배라 가능할지는 모르지만 안 된다 해도 이 방식이면 일방적으로 패기만 하니 문제없지!"

차라리 땅이라면 또 모르지만 바다에서 멀린을 잡는 건 불가능에 가깝다. 물론 배를 움직여 접근해 올 수도 있겠지만 그보다 멀린이 물러서는 속도가 훨씬 빠르니 역시 소용없는 일이었다. 만약 체력이 다해서 부스터를 가동할 수 없게 된다면 바닷속 깊은 곳에 숨어서 회복을 꾀하면 되니 아무런 문제도 없는 일이었다.

캬오오오─!

그러나 그것이야말로 멀린의 크나큰 착각이었다.

"뭐, 뭐야?"

망자의 함으로부터 새까만 마력이 끓어올랐다. 그것은 분노였다. 정신력이 약한 이라면 마주 보는 것만으로도 미쳐 버릴지 모를 정도로 강렬한 악의(惡意)의 집합체. 디오의 시스템에 의해 정신을 보호받고 있는 유저들조차도 그 앞에서는 오한을 느낄 수밖에 없을 정도로 강렬한 암흑의 마력이 요동친다.

"건방진 인간 놈."

1킬로미터나 되는 거리였지만 쇠를 긁는 것 같은 목소리는 선명하게 전해졌다. 육성이 아닌, 마력으로 이루어진 소리이기 때문에 가능한 일이다.

"리치… 그래, 저 녀석이 망자의 대지의 보스로군."

잠시 그 박력과 살기에 눌려 머뭇거린 멀린이었지만 이내 자신감을 되찾았다. 마법사는 기본적으로 원거리 전문이라고 할 수 있는 존재지만 오히려 어느 정도 이상의 장거리로 벌어져 버리면 할 수 있는 일이 크게 제한된다. 1킬로미터가 절대적이라 할 수 있는 간격은 아니지만 물속에서 자유자재의 움직임이 가능한 멀린은 상대가 고위 마법사라고 해도 반격당하지 않을 자신이 있었다.

하지만 그 순간 그는 이상한 광경을 보았다. 리치가 가볍게 손을 들어 올리자 바닥에 떨어져 있던 단창 하나가 허공으로 떠오른 것이다. 그건 멀린이 파괴 주문을 걸어 발사했던 강철 단창이었다.

"어? 저 녀석, 뭘 하려……."

두근.

그리고 그 순간, 그의 심장이 멎었다.

키이이이……!

어느새 그의 주변에는 새까만 마력이 둘러싸고 있다. 단숨에 발동했다고는 믿을 수 없을 정도로 강력한 저주(詛呪)였다.

"뭐, 뭣? 서, 설마 내 마력의 라인을 역추적했……."

멀린은 말을 채 마치지도 못하고 의식을 잃어버렸다. 의식을 잃어버린 그의 몸은 곧 쇳덩이처럼 물속으로 가라앉았다.

쿠르르…….

그가 무방비로 물에 잠겨들자 여기저기서 팔뚝만 한 물고기들이 모여들기 시작했다. 당연한 말이지만 보통 물고기는 하나도 없었다. 그것들은 하나하나가 몬스터로, 흉포한 습성을 가진 육식 어류였다. 수심이 얕아 그 수준은 고작 2레벨에 불과했지만 물속에서 만나면 결코 무시할 수 있는 존재가 아니었다. 게다가 그 숫자는 다수!

촤아악!

십수 마리의 물고기들이 멀린의 몸을 물어뜯기 위해 날카로운 이를 드러내며 달려들었다. 아무리 멀린의 생명력이 높다고 해도 의식이 없는 상태에서 공격당하면 목숨이 위험한 상황. 그러나 그 순간 멀린의 오른손이 움직여 손바닥을 왼쪽 가슴 위로 올리고 이내 손등 위에 있던 스피넬이 푸른색 전광(電光)을 번뜩였다.

파지직!

접근하던 몬스터들이 화들짝 놀라 사방으로 흩어지며 가라앉고 있던 멀린의 몸이 멈췄다.

'큭, 죽을 뻔했잖아?'

어느새 내공의 태반이 날아가 있었다. 심장을 다시 뛰게 한 건 마력의 힘이지만 심장이 멈추도록 만든 흑마력을 떨쳐 내기 위해 전신으로 내력을 방출해야 했기 때문이다. 만약 그가 마법사가 아니었으면 반사적으로 자신에게 가해진 저주 주문을 해석하지 못해 사망하고 말았으리라.

꺄아아아악!

끼이이익!

검은색 악령이 바다 위를 날아다닌다. 레벨 8. 망령 계열 고위 몬스터 중 하나인 스펙터(Specter). 기본적으로 레벨부터가 멀린보다 높은데다가 비행이 가능해 바다라는 지형의 영향도 거의 받지 않아 상대하기 까다로운 몬스터였다.

'숨자.'

맞부딪쳐 봐야 좋을 게 하나도 없었기에 바닷속으로 깊이 잠겨들어 갔다. 기척을 차단하고 물 친화로 주변 기운과 동화되자 스펙터들은 멀린의 기척을 놓친 듯 주변을 헤맸다.

'우와, 역시 만만치 않네. 단순히 마법이 날아올 거라고만 생각하다니… 너무 안이했어.'

멀린은 물 밖으로 나가지 않고 생각에 잠겼다. 원래 그가 맨 처음 망자의 함의 선체 아래로 이동해 구멍을 내지 않은 이유는 배를 중심으로 반경 100미터 정도의 정체를 알 수 없는 마력장(魔力障)이 펼쳐져 있었기 때문이다.

물론 그의 해석 능력은 범상치 않은 수준이기에 찬찬히 살핀다면 구조를 파악하는 게 가능할지도 모르지만 쉽사리 접근했다가 오히려 반격을 당하면 목숨이 위험해진다. 실제로 무려 1킬로미터나 떨어져 있었음에도 목숨을 위협당하지 않았는데 배를 파괴하려고 접근하면 무슨 일이 벌어질지 너무나 분명하지 않은가? 게다가 당장 머리 위에서 날아다니는 스펙터 같은 망령 계열의 몬스터는 그 숫자가 얼마인지조차 제대로 확인이 안 되고 있는 상황이었다.

'이걸… 써야 하나?'

멀린은 인벤토리에서 푸른색의 보석을 꺼내 들었다. 그건 엄지손가락만 한 크기의 사파이어(Sapphire)로, 굵직한 크기와 높은 순도를 가지고 있는 물건. 만약 현실로 가져간다면 상당한 가격이 붙을 만한 수준의 보석이지만 마법사인 멀린에게는 단지 일회용 마법 도구일 뿐이다.

웅—

사파이어에서 은은한 냉기가 퍼져 나간다. 거기에 담긴 것은 실로 치밀하게 얽히고 응집된 마력. 그것은 멀린이 수련의 방에서도 무려 보름이라는 시간을 투자하면서 만든 역작 중의 역작이었다. 물론 보름이나 투자해서 만든 마법 물품이 한번 사용하면 사라진다는 게 가슴 아플 정도였지만 그만한 힘을 담은 물건이라 스스로도 자부하고 있었다.

'…아니. 이걸 써도 크나큰 피해를 줄 수는 없어. 저 녀석들을 완전히 흐트러뜨려서 완전 무방비 상태로 만든 다음 사용해야 해. 보름 동안 만든 건데 허무하게 날아가 버리면 속 쓰리지.'

멀린은 고민에 고민을 계속했다. 하지만 답이 없었다. 생각보다 방어가 너무 튼튼한 것이다. 겨우 화살 몇 번 날리고 이런 반격을 당할 정도인데 배가 완전 무방비 상태에 빠질 정도로 흔드는 게 가능할 리 없었다.

'차라리 유저들하고 충돌할 때를 노려? 아냐. 그러면 또 그 녀석들이 와서 저 리치 녀석을 잡아버릴 게 뻔해.'

그 녀석들이란 당연히 그를 제외한 두 명의 백경이었다. 그들의 전투 능력은, 특히 그중 아더의 전투 능력은 상상을 초월할 정도라서 강력한 리치라고 해도 얼마나 버틸 수 있을지 의문일 정도였다.

'아, 고민이네. 대체 녀석들을 어떻게 뒤흔들… 응?'

하지만 그러다가 문득 떠올렸다. 망자의 함을 뒤흔드는 정도가 아니라 완전히 뒤집어 버릴지도 모를 존재가 딱 하나 있었다.

'오호라…….'

물속 깊은 곳, 멀린의 얼굴 위로 악동 같은 미소가 떠올랐다.

* * *

"놓쳤군. 뭔가 자신을 숨기는 능력을 가지고 있는 건가? 마법사이기도 한 모양이니 이상할 건 없지만……."

고위급 언데드로 유명한 리치이자 망자의 대지 2군단장 하인켈(Heinkel)은 스펙터들을 풀어 주위를 경계하게 하는 한편, 다시 함선의 이동을 지시했다. 스타팅의 공성전 시간이 불과 네 시간 남은 상태였다. 뭍에 도착한 후에는 직접 걸어 이동해야 하니 슬슬 움직여야 할 시간이었다.

쿠구구구구…….

"응?"

하지만 그때 저 멀리서 거센 물보라가 일어났다. 물론 그 정도라면 신경 쓰지 않을 만한 일이지만 순간 망자의 함이 뒤흔들렸다. 망자의 함의 규모를 생각하면 쉽게 넘어갈 수 없는 일이었다. 게다가 바다에서 일어나고 있는 물보라가 빠른 속도로 접근하고 있지 않은가.

"구, 군단장님! 거대한 생명체가 본선을 향해 접근 중입니다!"

"생명체? 이상하군. 저만한 크기의 생명체가 왜 우리 쪽으로……."

쾅!

그 순간 망자의 함이 거세게 흔들렸다. 심상치 않은 충격에 갑판 위에 있던 언데드들이 여기저기 튕겨 나갔다.

끼에에엑!

캬아!!

상대적으로 낮은 지능을 가지고 있는 구울들이 흉포한 괴성을 내질렀다. 그러나 이리저리 넘어지며 버둥거리는 모습은 단지 희극적일 뿐, 보통 사람들이 보면 공포에 질릴 정도로 무시무시한 외향의 몬스터들이지만 거대 함선이 통째로 흔들리는 상황에서는 무력할 뿐이었다.

크오오오─!

"크라켄? 어째서?"

하인켈은 예상치 못한 상황에 당혹스러워했지만 가만히 당하고 있을 수는 없는 일이었다. 망자의 함은 어지간한 일로는 꿈쩍도 안 할 정도로 튼튼한데다 걸어서 이동하기 힘들 정도로 커다란 함선이었지만 상대는 그런 망자의 함보다도 더 거대한 크기의 생물체였다.

파지지직!!

함선에 새겨진 방어 주문이 발동함과 동시에 천만 볼트가 넘는 전압의 뇌전이 크라켄의 피부를 태워 버렸다.

우어어엉—!

고통스러운 비명을 지르며 크라켄이 몸을 뒤틀자 무시무시한 물보라가 해일처럼 몰아쳤다. 하지만 그럼에도 큰 타격은 줄 수 없었다. 배에 새겨진 강력한 방어 주문도 크라켄에게는 단지 고통을 줄 뿐, 결정타가 될 수는 없었던 것이다.

촤아악!

"이런!"

길이만 해도 400미터, 폭 30미터의 거대 함선을 통째로 휘어 감는 열 개의 다리는 현실성이 없다. 생물체라기보다는 자연재해에 가까워 보일 정도로 어마어마한 덩치를 가지고 있는 것이다. 이정도 크기라면 그냥 빠르게 헤엄치는 것만으로도 해일이 일어나리라.

끼아아아악!

꺄아아악!!

수백이 넘는 스펙터가 듣는 이의 정신을 뒤흔드는 괴성을 내지르며 크라켄을 공격하기 시작했다. 그러나 크라켄이 열 개의 다리 중 하나를 움직여 허공을 훑었다. 물론 그건 헛된 짓일지도 모른다. 물리적인 육체를 가지지 못한 영체들은 일반적인 물질과 전혀 다른 채널(Channel)에 존재하기 때문에 물리력에 영향을 받지 않는, 흔히 말하는 물리이

뮨(物理+Immune[면역]의 합성어. 물리력에 영향을 받지 않는다는 뜻)의 존재니까. 그러나 눈앞에 펼쳐진 결과는 전혀 달랐다.

퍼버벙!

크라켄의 다리에 얻어맞은 스펙터들의 몸이 폭발하듯 터져 나갔다. 물론 스펙터는 망령이라 물리적인 공격에는 타격을 입지 않는다. 그러나 크라켄은 단순히 덩치만 큰 생물체가 아니었다. 그 또한 영수(靈物)나 신수(神獸)라고 할 수 있는 존재인 것이다. 보통의 생물학적 메커니즘으로 이런 거대한 육체를 갖는 건 불가능했다.

드드드득! 쾅!

마찬가지의 이유로 크라켄의 피부 위로 떨어지는 마법 역시 크라켄의 피부에 그을음이나 긁힌 자국만을 낼 뿐, 그 생명에는 아무런 피해도 입힐 수 없다. 그야말로 엄청난 생명력을 가지고 있는 것이다.

우어어어엉―!!!

열 개의 다리가 망자의 함을 휘감자 우지끈! 하고 위험천만한 소리가 울렸다. 흔들리는 망자의 함. 그리고 그걸 느낀 하인켈의 눈에서 귀화(鬼火)가 피어올랐다.

"짐승 녀석이 감히!"

하인켈의 몸 주위로 암흑의 마력이 새까맣게 불타오르고

발밑에 늘어져 있던 그림자가 그 몸을 일으켜 수없이 많은 연구와 수련으로 완성된 술식을 그려내기 시작한다. 상당한 고위 주문이었지만 영창은 순식간에 진행되고 있다.

크아아!

그 위협적인 기운에 크라켄도 반응했다. 그리고 크라켄의 거대한 다리 중에서도 특히나 더 크고 긴 두 다리 중 하나가 하늘까지 치솟았다가 무시무시한 기세로 내려쳐졌다. 마치 운석이 떨어지는 것만 같은 착각이 들 정도로 파괴적인 공격. 하지만 그 순간 함선에 저장되어 있던 주문이 발동해 거대한 마력 장막을 만들어냈다.

쩌어엉!

무지막지한 충격파와 함께 마력 장막이 부서졌다. 그러나 방어가 무색하지는 않아서 크라켄의 공격 역시 빗나갔다.

"군단장님을 지켜라!!"

키에에엑!

멀린에게 파괴당하지 않은 포문이 열리며 연신 불꽃을 뿜어내고 함선 내부에 있던 고위급 몬스터들이 갑판 위로 올라오기 시작했다. 수백이 넘는 망령들이 제 몸이 부서지는 것을 아랑곳하지 않고 크라켄의 피부를 긁어 상처를 만들어내기 시작했다.

우어어어—!!

크라켄이 고통에 찬 괴성을 지르며 두 개의 다리를 마구 휘둘렀다. 당연하지만 그 다리에 담긴 물리력은 상상을 초월하는 수준이었다. 게다가 거기에는 영적인 힘까지 담겨 있어 어지간한 실드 정도는 창호지를 찢듯 갈가리 찢어버렸다.

우지직.

크라켄의 다리가 강한 힘으로 망자의 함을 조이자 망자의 함에 거대한 균열이 생겼다.

쾅!

마치 빌딩을 연상시키는 거대한 크라켄의 다리가 갑판 위를 때리자 갑판 위에서 크라켄을 공격하던 언데드들이 바둑알처럼 사방으로 튕겨 나간다.

"괴물 자식이!!"

새까만 광택이 흐르는 갑주를 걸친 흑기사, 데스 나이트(Death Knight)가 새까만 투기를 뿜어내며 크라켄의 다리 위를 달렸다. 단지 달리는 것이라고는 도저히 믿을 수 없을 정도의 속도로, 마치 검은색 화살이 날아가는 것만 같았다.

후웅!

당연히 크라켄은 다리를 이리저리 휘둘렀지만 데스 나이트는 발에 자석이라도 달린 듯 거꾸로 달리면서도 돌격 속도를 멈추지 않았다. 어지간한 운동장을 두세 개 이어 만든 것 같은 다리를 달려 몸통까지 도달하는 데 걸린 시간은 그야말로 찰나였다.

후오옹!

데스 나이트의 검에서 검은 불꽃이 피어오르는 듯싶더니 이내 검의 표면에 덧씌워졌다. 그리고 점프. 암흑기를 휘감은 검이 크라켄의 몸 중 가장 취약한 부분, 바로 크라켄의 눈을 향해 번개처럼 휘둘러졌다.

쩌엉!

그러나 그 순간 크라켄의 눈이 감기고 굉음과 함께 검기가 흩어졌다. 경악스럽게도 크라켄의 눈꺼풀이 강철 기둥조차 수수깡처럼 베어내는 검기를 견뎌낸 것이다! 물론 피해가 전혀 없지는 않아 눈꺼풀이 너덜너덜해졌지만 정작 눈은 아무런 피해를 입지 않았다.

우어어어어!!!

퍽!

크라켄의 눈을 베기 위해 허공으로 뛰어올랐던 데스 나이트, 이반은 다시 휘둘러진 크라켄의 다리를 피하지 못하고 튕겨 나갔다. 당연하지만 거기서 그가 받은 타격은 무지막지했다. 다른 것도 아니고, 허공에서 크라켄의 다리에 얻어맞은 것이다.

그 충격량은 시속 300킬로미터의 기차에 추돌당한 것 '따위' 와는 비교가 불가능할 정도. 보통의 생명체라면 문자 그대로 박살이 나버려도 이상하지 않을 상황이지만 기본적으로 상위의 언데드이자 웅혼한 암흑기의 보호를 받는 데스 나이트 이반은 가까스로 정신을 차릴 수 있었다.

"레오!"

이히힝!!

반으로 쪼개져 벌어진 갑판의 틈새로 유령군마(幽靈軍馬), 팬텀 스티드(Phatom Steed)가 날아올라 추락하던 이반을 등에 태웠다.

물론 그렇다곤 해도 이미 이반의 상태는 엉망이었다. 당장 휴식에 들어간다 해도 완치에 열 시간 이상 걸릴 정도였지만 망자의 함이 가라앉을지도 모르는 위기 상황에서 그럴 틈이 있을 리 없었다. 하다못해 망자의 대지 2군단장이자 강력한 마법사인 하인켈이 주문을 완성시킬 시간 정도는 벌어줘야 했다.

"날아!"

히히힝!

하늘 높이 날아올랐다가 벼락처럼 하강했다. 목표는 크라켄의 눈! 이반을 완전히 쳐냈다고 생각한 듯 위협적인 마력을 뿜어내고 있는 하인켈에게 다시 다리를 휘두르려던 크라켄은 하늘에서 떨어지는 암흑의 검에 무방비로 노출될 수밖에 없었다.

콰득!

거대한, 정말 생물체의 것이라기보다는 어지간한 컨테이너 박스만 한 눈동자에 이반의 검이 내리박혔다. 물론 눈꺼풀이 아니더라도 크라켄의 눈동자는 충분히 단단했지만 암흑기를 뿜어내고 있는 이반의 검을 견딜 수 있을 정도는 아니었다.

크아아아아—!!!

크나큰 고통을 느낀 크라켄이 난동을 부리기 시작했다. 그렇게나 커다란 거대 괴수가 난동을 부리자 바다 역시 금방이라도 뒤집힐 듯 요동치기 시작했다. 어차피 파도 따위는 무시하는 망자의 함은 조금 전처럼 선체 전체를 무지막지한 힘으로 조이던 것보다 훨씬 나은 상황이었다. 그리고 이반이 벌어준 시간 동안 주문을 완성한 하인켈의 몸에서 거대한 흑마력이 뿜어져 나왔다.

"그리하여 말한다! 명령한다! 지금 증오스러운 적이 네 앞에 있다!"

새까만 빛깔의 흑마력이 맹렬하게 타오르더니 허공에서 뭉쳐 생물체의 형상을 취하기 시작했다.

거대한 날개, 붉게 타오르는 눈.

"가라! 네메시스의 암흑룡(The Dark Dragon of Nemesis)!"

키에에에에엑—!!!!

암흑의 마력으로 만들어진 흑룡이 괴성을 지르며 크라켄의 머리 위로 날아들었다. 크라켄은 눈 이외에도 주변을 파악할 수 있는 감지 능력이 있는 듯 정확하게 다리를 휘둘러 암흑룡을 명중시키려 했지만 암흑룡은 매끄럽게 움직여 피한 후 숨을 들이쉬더니, 이내 새까만 안개 형태의 숨결을 뿜어냈다.

드드드득.

암흑룡의 브레스에 얻어맞은 크라켄의 피부가 바스러지기 시작했다. 강인한, 어쩌면 핵폭탄에 정면으로 맞아도 견뎌낼지 모르는 크라켄의 육체였지만 새까만 어둠을 두르고 나타난 암흑룡이 뿜어낸 숨결은 그런 방어 능력을 통째로 무너뜨린 것이다.

콰드득!

다시 암흑룡이 먹이를 노리는 매처럼 하강해 크라켄의 육체를 할퀴고 지나갔다. 마치 풍화되는 것처럼 바스라지고 있던 크라켄의 몸은 산산이 부서져 나갔다.

"기회다! 공격해라!!"

이반의 외침과 함께 언데드들이 개미 떼처럼 크라켄의 피부 위로 달라붙기 시작했다. 물론 그 와중에 물에 빠지는 언데드들도 상당수 있었지만 어차피 언데드라는 건 움직이는 시체. 호흡을 못한다고 해서 죽는 게 아니기 때문에 멈칫거리는 이는 아무도 없었다.

콰득! 콰드득!

암흑룡의 숨결을 얻어맞은 크라켄의 몸 위를 언데드들이 후려치자 이내 크라켄의 몸이 너덜너덜해지기 시작했다. 물론 워낙 거대한 몸이라서 그것만으로 목숨을 잃거나 할 정도는 아니었지만 찢어지고 팬 부위가 너무나도 많다. 강대한 생명력을 가진 크라켄조차 치명상을 입고 만 것이다.

크아아아아!!!

"끝장내 버려!"

하인켈은 그렇게 소리치며 다음 주문의 영창에 들어갔다. 지금의 크라켄에게는 암흑룡의 숨결과 휘하 언데드들의 공격만 해도 충분히 치명적이겠지만 결정타를 날릴 수 있는 건 오직 그뿐이었기 때문이다. 자칫 크라켄이 달아났다가 선체 아래에서 배를 뒤집고 도망간다거나 하는 방식을 취하면 귀찮아질 터였다.

촤악!

하지만 그 순간 크라켄의 다리 사이에서부터 검은색 안개가 뿜어져 나왔다. 그래, 안개였다. 보통의 오징어가 뿜어내는 먹물과는 전혀 달랐다.

"큭! 탐지 능력을 방해해?"

순간적으로 사방이 어두워지는 듯한 감각에 하인켈은 오한이 드는 걸 느꼈다. 그는 보통의 생물체처럼 눈동자로 주변을 보지 않는다. 당연했다. 있지도 않은 눈으로 주변을 볼 수 있을 리는 없으니까.

그는 마법적인 탐지 능력으로 주변을 볼 수 있기 때문에 낮이든 밤이든 빛의 유무에 상관없는 시야를 가지고 있으며, 그건 그의 눈을 가리든 어딘가에 가두던 상관없는 일이었다. 그러나 지금의 상황은 그런 그에게조차 주위가 암흑으로 보일 정도였다. 크라켄이 뿜어낸 검은 안개가 그런 결과를 만들었다는 건 두 번 생각할 필요도 없는 일이었다.

쩌엉!

끼이이익—!

순간 꽝음과 함께 충격파가 퍼져 나갔다. 그리고 느껴지는 마력의 단절. 하인켈은 네메시스의 암흑룡이 소멸당했다는 것을 깨달았다.

우지끈.

그리고 이어 망자의 함의 선체에서 위험천만한 소리가 울려 퍼졌다. 망자의 함의 용골(龍骨:선체의 중심선을 따라 배 밑을 선수에서 선미까지 꿰뚫은 부재)이 부러진 듯했다. 크라켄이 다시 망자의 함을 조이기 시작한 것이다!

"빌어먹을!"

하인켈이 이를 갈며 손을 움직이자 마력이 바람이 되어 몰아쳤다. 크라켄이 뿜어낸 안개는 마치 점성이라도 가진 것처럼 잘 흩어지지 않아 밀어내는 데 상당한 마력을 소모할 수밖에 없었지만 처형대 위에 올라선 죄수 같은 상황에서 벗어나기 위해선 어쩔 수 없는 일이었다.

치이익!

그리고 그랬기에 그들은 볼 수 있었다, 크라켄의 상처 위로 연기가 나는가 싶더니 이내 상처 하나 없는 매끈한 피부가 드러나는 모습을.

심지어 이반에게 찔려 파괴되었던 눈동자까지 어느새 회복되어 있었다.

"초재생(超再生) 능력… 이라고? 저 덩치로?"

사실 그리 대단한 능력은 아니었다. 초재생 능력 정도는 웨어울프라든지 트롤 같은 별 볼일 없는(?) 몬스터들도 왕왕 가지고 있는 능력. 하지만 그 능력을 초거대 몬스터라고 할 수 있는 크라켄이 가지고 있다면 이야기가 전혀 달라진다. 덩치가 너무 커서 치명상을 입히려면 어마어마한 전력을 쏟아부어야 하거늘, 그 치명상을 단숨에 회복하다니.

크오오오오!!!!

콰자작!

포효와 함께 기어코 망자의 함이 박살났다. 거대한 망자의 함이 반으로 갈라져 침몰을 시작하고 거기에 타고 있던 언데드들이 사방으로 튕겨 나갔다. 당연한 말이지만 부서지는 선체 사이에 끼거나 크라켄의 다리에 짓눌린 언데드들은 그대로 즉사했다.

촤악!!

그런 상황에서 크라켄의 가장 긴 두 개의 다리가 하늘 높이 솟구쳤다. 어이없게도 그 두 다리는 마치 고무줄처럼 늘어나 400미터에 달하는 하늘 위까지 올라갔다.

그 다리 하나하나의 무게는 어림잡아도 수십 톤(t), 그리고 그런 두 다리가 400미터 상공에서 무지막지한 탄성으로 내려찍힌다면…….

"제기랄."

하인켈은 헛웃음을 지었다. 물론 반사적으로 방어 주문을 완성했지만 헛된 짓이었다. 크라켄의 다리는 단순한 물리력만이 담긴 물건이 아니었다. 영적인 존재도 소멸할 만한 영력이 담겨 있는 것이다. 물론 그 근원은 생체력에 있겠지만 결과적으로 마찬가지인 이야기. 그리고 마침내 크라켄의 두 다리가 정점에 달해 내려쳐지려 하는 순간,

핑!

은빛 기류에 휩싸인 화살이 그들 사이로 떨어졌다.

                    *   *   *

당연한 말이지만 크라켄을 도발해 망자의 함을 습격하게 만든 건 멀린이었다. 혹시 똑같은 몬스터라서 서로를 아군으로 여기지 않을까 걱정했지만 다행히 그렇지는 않은 모양이었다. 그리고 멀찍이에서 전투를 지켜보고 있던 멀린은 전투가 막바지에 이르렀다는 것을 깨달았다.

패배는 망자의 함이다. 물론 1만 언데드 군단의 힘은 무지막지하지만 장소가 너무 안 좋았다. 사실상 바다에 빠지면 별다른 힘을 쓸 수 없는 언데드가 태반인 망자의 함이 바다의 거대 괴수 크라켄을 이겨낼 수는 없었던 것이다.

위이잉.

잠재된 마력을 깨우자 사파이어가 새파랗게 빛나며 공명음을 흩뿌리기 시작했다. 상당한 마력이었다. 리치가 불러낸 암흑룡이 뿜어내는 마력 정도는 아니지만 적어도 멀린이 사용할 만한 마력량을 수십 배나 벗어나 있는 것이었다.

"더 이상 시간을 끌다간 죽도 밥도 안 되겠네."

콰득, 하고 주먹을 쥐자 사파이어가 산산이 부서지며 거대한 마력이 뿜어졌다. 망자의 함까지의 거리는 1킬로미터 정도. 만약 한 시간 전에 이런 짓을 저질렀다면 망자의 함에 있는 하인켈이 눈치채고 조치를 취했겠지만 지금 망자의 함은 제 몸 하나 가누기 힘들어 주변 상황을 살필 수 없는 상황이었다.

우우우우우ㅡ!

영력의 크기를 늘리는 것은 불가능하지만 마력이나 내공을 소모했을 때 시간이 지나면 다시 회복된다는 걸 수련의 방에서 깨달은ㅡ만약 그게 안 된다면 영력을 사용한 수련은 불가능하리라ㅡ멀린은 수련의 방에서 보낸 시간 중 보름에 해당하는 시간을 이 하나의 주문을 완성하는 데 투자했다.

"장비 5번."

중얼거림과 동시에 데케이안의 각궁이 다시 모습을 드러냈다. 부서진 사파이어에서 흘러나온 마력은 허공에 뭉쳐져 거대한 존재감을 뿜어내고 있었다.

"후우……."

멀린은 다시 인벤토리에서 1미터짜리 완드를 꺼냈다. 공성전 때 멀린의 손에 죽었던 벌 모양의 몬스터가 드랍했던 완드였다.

치이잉.

허공에 떠 있던 푸른색의 마력 집결체를 잡아 완드의 몸체에 크림처럼 바르자 이내 완드가 푸른색으로 빛나기 시작했다.

"큭!"

멀린은 자신이 가진 전 마력의 70배에 달하는 압력에 신음했다. 실제 담겨 있는 마력량도 대략 비슷하다는 걸 생각하면 실로 무시무시한 일. 가진 것이 1밖에 없는데 70이라는 힘을 제어하는 상황은 누가 봐도 정상이 아니었다. 뛰어나다고는 해도 이제 막 마법의 존재를 깨달은 중급 마법사에겐 당연히 불가능해야 하는 일. 그러나 그는 0.0001mm의 오차조차 없는 정밀 기계처럼 완벽하게 마력을 제어해 술식을 완성시켰다.

끼이익!

술식 제어에 전력을 다하고 있었기 때문에 수성과 금성의 증폭을 사용할 만한 여유가 없었다. 때문에 그는 효율이 좀 나쁘긴 했지만 본신내력으로 육체를 강화하고는 천천히 시위를 당겼다.

촤악!!

크라켄의 거대한 다리가 하늘로 솟구쳤다. 그 높이가 무려 400미터였다. 농담이 아니라 무슨 신화 시대의 벽화에서나 볼 법한 광경. 단지 크라켄이 두 다리를 하늘로 들어 올리는 것만으로도 주위의 바람이 빨려 올라가고 바다가 미친 듯이 요동쳤다. 멀린이 서 있는 곳은 크라켄으로부터 1킬로미터나 떨어져 있었지만 만약 거기 있는 것이 어지간히 큰 배였다 해도 벌써 뒤집혔으리라.

"무지막지하구먼."

63빌딩의 높이조차 고작 249미터에 불과하다는 걸 생각하면 이 광경이 얼마나 압도적인지 알 수 있으리라. 그야말로 존재 자체가 자연 재해라고밖에 표현할 수 없는 괴물 중의 괴물. 이런 생명체가 존재할 수 있다는 것에 경이마저 느낄 정도였다. 아니, 정확히 말하면 황당했다. 어이가 없다고 해도 틀린 표현은 아니리라.

"게임이니까 볼 수 있는 광경… 이겠지!"

말과 함께 멀린의 주위로 반경 10미터 정도의 바다가 깨끗한 거울처럼 잔잔해졌다. 멀린의 몸은 이미 물 위로 올라서 있는 상태였다. 크라켄의 난동으로 주위의 바다는 폭풍이 나기라도 한 듯 시끄러웠지만 멀린의 주위는 고요함만이 가득했다.

쫘악!!

멀린이 시위를 놓음과 동시에 채찍을 후려치는 것 같은 소리와 함께 은색의 빛줄기가 하늘을 갈랐다. 거기에 담겨 있는 마력은 절대 무시할 수 있는 수준이 아니었기 때문에 방어 주문을 외우던 리치도, 크라켄도 눈치를 채고 말았지만.

"가라."

그에 아랑곳없이 주문이 발동했다.

포세이돈의 은빛 옥좌(The Silver Throne of Poseidon)!

쩌저저저적!!!

천을 찢는 듯한 소리와 함께 화살이 떨어진 부분부터 빙결이 시작되더니, 사방으로 발사된 총알처럼 그 범위를 넓혀가기 시작했다. 그 시간은 문자 그대로 찰나(刹那). 아직까지 생존해 있던 수많은 언데드들도, 강력한 리치나 데스 나이트도 심지어 망자의 함에 최후의 일격을 날리기 위해 다리를 들어올렸던 크라켄조차 반응하지 못했다.

킹!

당장에라도 뒤집힐 듯 일렁이던 바다가 그대로 정지했다, 마치 동영상을 보다가 정지 화면을 누른 것처럼. 다만 그것과 다른 점이 있다면 세상이 은빛으로 물들었다는 점 정도이리라.

물론 언데드들은 생물이 아니다. 그들은 호흡을 하지 않고, 또한 더위나 추위 역시 타지 않는다. 물론 너무 추워지면 기능이 정지하는 언데드들 역시 존재하지만 개중에는 북극에 내던지더라도 아무런 문제 없이 활동할 수 있는 언데드들 역시 다수 존재한다. 얼리는 정도로는 죽지 않는 것이다. 심지어 스펙터 같은 영체 몬스터들은 냉기랑 아무 상관도 없는 종류의 몬스터가 아닌가.

"하지만 그건 어디까지나 그냥 냉기일 때의 일이지."

그렇다. 멀린이 쏘아 보낸 것은 자연적인 냉기가 아니다. 그것은 마법. 그것도 악의적인 마력으로 만들어진 공격 마법인 것이다. 그 냉기에 노출되면 단순히 얼어붙는 게 아니라 냉기와 함께 움직이는 마력에 공격받는다. 실제로 하늘을 날아다니던 스펙터들도, 냉기와 열기에 저항을 가진 고스트 아머(Ghost Armor)들도 검은색 먼지로 스러져 갔다.

풍덩!

그리고 멀린의 몸이 물에 빠진다. 물론 물속으로 잠겨들어가지는 않았다. 마치 배를 뒤집고 물 위로 떠오른 생선처럼 둥둥 떠 있을 뿐. 그가 발사한 화살의 영향으로 주위는 시베리아를 방불케 하는 냉기가 몰아치고 있었지만 냉기에 내성이 있는 그는 전혀 신경 쓰지 않았다. 물론 신경을 쓰고 싶어도 쓸 수 없는 상태긴 하지만 말이다.

> 상태가 '탈력'으로 변합니다! 더불어 '빈사'도 추가합니다!

"으… 무슨 음식 시킨 것도 아니고, 추가는 무슨……."

하지만 손가락 하나 꼼짝할 힘도 없었다. 확실히 지금 사용한 기술은 부담이 너무나 컸다. 기본적으로 사용된 마력 자체부터가 그의 전체 마력을 수십 배나 뛰어넘는 것이었다.

현재 그의 상태창은 이랬다.

Status

타이틀 : 여의수신
아이디 : 멀린
상태 : 탈력. 빈사

스태미나 :	12/330		
영력 : 3/35年	8/240 Tetra		
생명력 : 210(60)	항마력 :	66	
근 력 : 213(63)	정신력 :	91	
체 력 : 255(105)	내 공 :	70	
	마 력 :	170	
재생력 : 155(55)	집마력 : 102		
순발력 : 66	행 운 : 195(大吉)		
경험치	8808혼		
소유금액	10G 2S 20C		

직업 : 평민
레벨 : 5 　　　　(7급)
속성력

火	0/보통	時	0/보통
水	60/제어	空	0/보통
土	0/보통	毒	0/보통
風	0/보통	光	0/보통
雷	0/보통	暗	0/보통
木	0/보통	無	0/보통

소속 　　　　　　없음
운용 　　　금단선공 7성
　　　세븐 쥬얼 스피넬(Spinel)
선행 24 　　　임무 없음

내공도 마력도 거의 바닥이었다. 거기에 금단선공의 운기(雲氣) 또한 중단되어서 자체적인 항마력과 순발력, 그리고 집마력의 강화 역시 정지된 상태.

멀린이 사용한, 스스로 하울링 스펠(Howling Spell)이라 이름 붙인 [포세이돈의 은빛 옥좌]는 사용한 마력보다도 훨씬 더 큰 효과를 발휘하는 주문이었다. 이런저런 꼼수에 있을 수 없는 재능을 더했다고는 하나 없는 마력으로 이만한 결과를 만들었으니 육체에 과부하가 걸리는 건 너무나도 당연한 일인 것이다.

"머리 아파… 제길, 이런 건 고통 제어가 못 막아주나?"

투덜거리지만 할 수 없는 일이었다. 격투 게임을 할 때 캐릭터가 얻어맞는다고 플레이어까지 아픈 건 아니지만 전투에 집중해 머리를 굴리느라 두통이 오는 것까지 어떻게 할 수는 없는 일이었다. 물론 디오의 운영자들이 시스템을 강제한다면 불가능한 일도 아니지만 그렇게 되면 유저들의 능력 수준 역시 제한될 것이었다.

"…안 되겠다. [로그아웃]."

> 로그아웃 중입니다. 25초 동안 이동할 수 없습니다. 적에게 공격당할 수 있으니 주변이 안전하지 않다면 로그아웃을 취소하시고 대응하길 바랍니다. 25, 24, 23…….

중얼거림과 함께 원통형 막이 멀린을 감쌌다. 그리고 잠시 후,

팟.

바다에서 멀린의 모습이 사라졌다.

*   *   *

번쩍.

물론 정말 그런 소리가 날 리는 없겠지만 환청이 들릴 정도로 거침없는 기상. 멀린, 아니, 용노는 단숨에 이어폰을 벗고 번개처럼 몸을 일으켰다.

"오케이. 제한 시간 10분. 빡세다!!"

그야말로 날듯이 부엌으로 달려가 냄비에 물을 올렸다. 요리도 귀찮아 라면을 끓이려는 것이었다.

후다닥.

가스레인지를 켜고 화장실로 달려가 순식간에 큰 것과 작은 것을 모두 해결하고 세면 세족, 그리고 머리를 감았다.

"아, 언제 한번 틈 내서 머리 깎아야 하는데……."

'클로즈 베타 끝나면 깎아야지' 라고 생각하며 세면 세족을 끝내고 화장실에서 나오니 어느새 물이 끓고 있었다.

"라면에 이거저거 넣는 건 낭비 같지만 요새 식사가 부족하니……!"

면과 스프를 넣어 끓이며 더불어 참치 캔도 따 반을 덜어 넣고 전기밥솥을 열었다. 딱 한 공기분의 밥이 남아 있었다.

"빨리~!"

한 공기분의 밥을 퍼놓고 밥솥을 순식간에 설거지. 그런 직후 쌀을 씻어 전기밥솥에 넣고 취사 모드로 변경했다. 전기밥솥의 편한 점은 일단 씻어 넣기만 하면 알아서 완성된 후 보온이 유지된다는 것이다.

"후루룩!"

완성된 라면을 거의 마시듯 먹어버리고 남은 국물에 밥을 투입한다. 하지만 너무 서둘렀던 탓인가. 라면에 밥을 마는 과정에서 라면 국물이 식탁에 튀고 말았다.

"으악! 행주도 다 빨래통에 넣어놨는데. 안 되겠다. 방금 쓴 수건으로 닦고 빨래통에……."

그렇게 중얼거리며 화장실로 향했다가 황당해한다. 왜냐하면 남은 수건이 하나도 없었기 때문이다. 물론 빨래가 밀려 그리 놀라운 일은 아니지만 용노는 당황할 수밖에 없었다.

"어? 그럼 나 머리 감고 어떤 수건으로 물기를 닦은 거지?"

반사적으로 머리를 만져 보았지만 불과 2~3분 전에 감았던 머리는 물기 하나 없이 보송보송했다. 그러나 아직도 머리에서 샴푸 냄새가 나는 걸 봐선 머리를 감은 사실 자체가 착각은 아니었던 모양이다.

"어라?"

이해가 안 되는 상황에 황당해하는 용노. 하지만 그 순간에도 시간이 가고 있었다.

"나중에 생각하자!"

되는대로 빨래통에 있던 행주를 꺼내 식탁을 닦고 순식간에 식사를 마쳤다. 그리고 세탁기에 세탁물을 다 몰아넣고 돌려 버렸다.

"아직 8분!"

사용한 그릇들을 빠르게 설거지하기 시작했다. 다른 사람이 옆에서 봤다면 혀를 내둘렀을 정도로 재빠른, 그리고 그러면서도 확실한 동작이었다. 설거지만 3년간 해도 도저히 따라 할 수 없는, 거의 서커스 수준의 기교가 그 동작에 있었다.

가르륵!

거기에 순식간에 양치질까지 했다. 30초밖에 할애할 시간이 없어 대충 해야 했지만 안 하는 것보다는 나을 거라는 게 용노의 생각이었다.

"오케이. 딱 10분!"

심지어 옷까지 갈아입어 세탁기에 던져 넣은 뒤 다시 컴퓨터 앞으로 달려들었다. 접속 버튼을 누르고 이어폰을 귀에 꽂은 뒤 그대로 침대에 누웠다.

최초에 나는 슬펐노라.

내가 바라는 것이 아무것도 없음에.

하지만 그럼에도 바란다. 또한 소망한다.

내가 만들려는 것은 새로운 세계일지니.

들리는 목소리는 언제나 똑같다. 인터넷이나 전문가들은 이 음성이 접속하는 유저에게 최면 효과를 준다 말하고 있었지만 사실 이 목소리를 듣는다 해도 졸린다거나 하는 현상은 전혀 없었다.

"참 신기하단 말이야."

물론 저 말을 중간부터 듣거나 중간 중간 안 듣거나 하면 접속이 안 되는 걸 보아 분명 접속을 이끄는 건 틀림없는 사실이었다. 그 정도는 멀린도 몇 번이나 실험해 봤으니까. 지금 이어폰에서 흘러나오는 소리는 그저 듣기 좋은 남자의 목소리일 뿐, 하지만 그럼에도…….

지금 여기서 해방하노라.

목소리를 다 듣는 순간 의식은 거짓말처럼 가라앉았다.

*   *   *

위잉.

햇볕이 쨍쨍 내리쬐고 있다고는 믿을 수 없을 정도로 차가운 바람이 머물고 있는 바다. 그리고 그 위로 2.5미터쯤 되는 지름의 마법진이 떠올랐다. 잠시 허공에 떠 은은한 빛을 흘리다가 빙글빙글 회전하기 시작한 마법진은 이내 구(球)의 형태로 변하더니 유저 하나를 뱉어놓고 사라졌다.

퐁.

사람 하나가 물에 떨어지는데 들리는 소리는 조약돌이 빠지는 듯했다.

"휴, 다행히 아무도 안 왔군. 아이템들이 사라지진 않았겠지?"

기본적으로 몬스터가 드랍한 아이템의 소유권은 그 몬스터를 처치한 유저에게 주어지지만 드랍된 후 30분 동안 아이템을 획득하지 않으면 그 누구라도 습득할 수 있는 상태로 변하고, 한 시간이 지날 동안 아무도 그 아이템을 습득하지 않으면 사라지게 된다.

물론 사라지는 시간은 아이템의 가치에 비례하기 때문에 딱 한 시간 만에 사라지는 아이템은 정말 자잘한 물건들일 뿐이고, 보통 그것보단 길다. 가치가 높은 아이템은 일주일도 거뜬히 버틴다고 한다.

탁.

멀린이 망자의 함에 도착하기까지는 그리 긴 시간이 필요하지 않았다. 어느새 몸 상태는 제법 호전되어 있다. 로그아웃을 하고 있으면 몸이 회복된다는 걸 이용한 꼼수였는데, 목숨을 잃은 후 24시간—현실 네 시간—이 지나면 죽은 육체조차 부활하는 게 바로 그 증거. 뭔가 큰 부상을 입은 것도 아니고, 단지 피로가 쌓인 정도라면 한 시간, 즉 현실에서 10분이면 충분히 해소할 수 있는 것이었다.

"와! 내가 하긴 했지만 정말 대단하네."

냉기는 아직도 남아 주변을 장악하고 있었다. 그 마력은 아직도 살상력을 가지고 있어 어지간한 대마력(對魔力)을 갖추지 않은 이상 접근조차 어려운 수준. 물론 그렇다고 해도 어디까지나 멀린의 마력으로 만들어진 주문이기에 그 자신은 별 부담을 느끼지 않았다. 얼음 때문에 2차적으로 만들어지는 냉기 또한 내성을 가지고 있어 버틸 만한 수준이었다.

"아, 역시 크라켄 녀석이 잡은 몬스터는 하나도 드랍 안됐네."

당연하지만 될 리가 없었다. 몬스터가 몬스터를 살해하는 경우는 지금처럼 유저의 간계에 말려드는 경우가 아니더라도 상당히 많은 수준이니까. 일반 필드의 경우 몬스터들 역시 야생 짐승들처럼 서로를 사냥하고 잡아먹으며 살아가는데, 그런 모든 몬스터들에게 아이템이 나온다면 길가에 아이템들이 여기저기 버려져 있으리라.

"어라, 이 녀석은……."

맨발로 빙판 위를 걷던 멀린은 얼음 기둥에 갇혀 있는 데스 나이트를 발견했다. 그는 멀린의 기억에 있는 인물이었다. 유령마 팬텀 스티드에 올라타 무시무시한 기세로 크라켄의 눈을 파괴했던 강력한 검사.

"약간 미안한걸. 이 녀석, 정면으로 싸우면 나보다 셀지도 모르는데."

하지만 마냥 방심할 때가 아니었다. 아이템이 아니라 이렇게 전신이 남아 있다는 건 얼어붙어 있기는 해도 아직 살아 있단 말이었으니까.

"물론. 이제라도 죽이면 되지만."

퍽!

무성의하게 얼음 위를 두드리자 검은색 기사의 몸이 연기로 변해 흩어졌다. 만약 시간이 좀 더 지나 데스 나이트가 기운을 차렸다면 상황은 좀 달랐겠지만 크라켄의 공격을 받아 이미 피해가 누적되었던 데스 나이트가 멀린의 하울링 스펠을 맞고 금세 회복한다는 건 불가능한 일이었다. 당연하지만 저항할 수단 같은 건 있을 리 없었고 검은 기사가 있던 자리에는 이내 아이템이 생겨났다.

"투구?"

데스 나이트가 사라지고 난 자리에서 검은색의 금속 투구가 얼음을 투과하듯 빠져나왔다. 다른 아이템은 하나도 없어 좀 허탈했지만 정체를 알 수 없는 금속으로 만들어진 검은색 투구는 그것만으로 상당한 기운을 뿜어내고 있었다.

Item

[후회하는 이반의 암흑 투구]　　　　　1급　　　Rare

상급 데스 나이트 이반이 쓰고 있던 투구. 대단한 강도와 마력 적성을 가지고 있으며 보호 주문이 새겨져 있어 외부에서 가해지는 물리적인 타격을 감소시킨다.
특수 효과:사용자는 모든 종류의 정신 간섭에 대해 내성을 얻는다.
절망, 고통, 증오, 슬픔, 후회의 모든 파츠를 모았을 시 세트 효과 '망령의 갑주' 발동.

"좋아 보이는데?"

감정을 사용한 멀린은 휘파람을 불었다. 그냥 좋은 게 아니라 이 정도면 엄청난 가치를 지닌 고급 아이템. 다만 문제가 있다면 나머지 파츠들을 모으려면 또 상당한 고생을 해야 한다는 것이었다.

"뭐, 크라켄이 깽판 치긴 했어도 기본적으로 몬스터가 워낙에 많아서 아이템도 장난이 아닌데?"

여기저기 돌아다니며 동그란 보호막에 둘러싸여 있는—시스템적인 요소이기 때문에 아이템들은 냉기에 노출되지 않고 있다—아이템과 돈을 수거했다. 전체적으로 나쁘지 않은 수준이었다. 별 볼일 없는 8급 아이템부터 높은 건 3급까지. 그리고 그중 멀린의 눈을 가장 끈 것은 은은한 광택을 흩뿌리고 있는 검은 수정이었다.

"어? 이 마력 패턴은 그 유령들 거 아닌가?"

스펙터(Specter)들이 사망하며 떨어뜨린 것들이었다. 물론 드랍률 자체가 10%에 불과하고 수백이 넘는 스펙터들 중 반 이상을 크라켄이 살해해 그리 많지는 않았지만 그래도 주변을 전부 뒤지니 10여 개 정도의 수정이 나왔다.

Item

[망혼석 3급]   Uncommon

망령의 힘이 응축된 수정. 고레벨의 망령 몬스터를 해치우면 얻을 수 있다.

"별거 아닌 것 같은데 3급이라니. 뭔가의 재료 아이템이라

도 되는… 응?"

하지만 그러다가 문득 목덜미에 소름이 돋는 것을 느꼈다. 일종의 직감, 혹은 예감이라고 해도 좋으리라. 어떠한 이유가 있어서라기보다는 그저 본능에 따라 멀린의 손이 허공에 금 빛 궤적을 그렸다.

쩌엉!

순전히는 아니지만, 멀린이 죽지 않을 수 있었던 것은 운에 기인한 바가 컸다. 멀린의 뒤쪽에서 벼락처럼 내리꽂힌 암흑 의 마력은 정도 이상의 속도에 반응하도록 프로그램된 염체, 즉 영휘와 샤이닝에 가로막혀 미묘한 타임 랙이 발생했고, 그 찰나의 시간에 멀린의 대력금강수가 완벽하게 암흑의 마력을 쳐낸 것이다.

"네놈……."

그리고 순식간에 펼쳐진 멀린의 방어에 하인켈은 놀랄 수 밖에 없었다. 공격이 가해질 걸 미리 알고 대비하고 있었다 해도, 아니, 그 정도가 아니라 지금 이 상황을 가정하고 수십 수백 번 연습을 한다 해도 흉내 내기 어려울 정도의 묘기. 그 러나 바꿔 말하면 그런 행위를 반사적으로 행할 수 있을 정도 로 멀린의 감이 대단한 수준이란 뜻도 되었다.

"깜짝이야. 놀랐잖아."

웅.

그렇게 말하며 마력과 내공을 움직이자 멀린의 오른손에 푸른빛, 왼손에 황금빛 기운이 어렸다.

"대단치 않은 마력이군. 하지만 그 정도 마력으로 이 빙결 주문을 어떻게 완성한 거지?"

뛰어난 마법사인 하인켈은 주변을 완전히 얼어붙게 만들었던 빙결 주문의 마력과 멀린의 마력 패턴이 일치한다는 걸 대번에 눈치채고 혼란에 빠졌다. 왜냐하면 있을 수 없는 일이기 때문이다. 손에 잡힐 듯 보이는 멀린의 마력은 아무리 잘 봐줘도 중급 마법사 정도밖에 되지 않는 수준. 마법사란 준비만 확실하다면 자신의 최대치를 넘는 마력도 운용하는 게 가능한 존재이지만 그것도 정도가 있는 법이었다.

"말 걸면서 주문을 완성하고 있다니. 뭐, 의식적인 행동은 아닌 것 같지만 여기서 대답하면 바보… 지!"

팡!

빙판을 박차며 멀린의 몸이 질주했다. 당연한 말이지만 꽁꽁 언 빙판은 충분히 미끄러질 만한데도 멀린은 단단한 땅을 딛은 듯 순식간에 하인켈의 정면으로 날아든 것이었다.

파직!!

푸르게 빛나는 멀린의 오른손이 하인켈의 앞으로 펼쳐진

마력 장벽에 충돌하자 스파크가 튀었다. 그것은 틀림없이 상당한 시간을 들여 마력을 주입해 완성해 낸 술식이리라. 멀린은 하인켈의 팔에 걸려 있는 팔찌가 그 술식의 원천이라는 것을 깨달았다.

"아티펙트?"

"웃기지도 않는군. 대체 무슨 수로 이런 광역 마법을 썼는지는 모르겠지만 가까이에서라면 날 이길 줄 알았나?"

철통같은 방벽 뒤에서 멀린을 비웃는 하인켈의 왼팔 위로 암흑의 마력이 끓어올랐다. 거기에 담긴 마력은 실로 거대해 멀린의 최대 마력조차 가볍게 뛰어넘는 수준이었다. 하지만 그 순간 마력 장벽에 맞닿아 있는 멀린의 오른손이 한층 더 푸르게 빛났다.

키잉!

일렁이는 마력 장벽. 그리고 그 모습에 하인켈의 눈동자에서 귀화(鬼火)가 피어올랐다.

"큭, 크하하하!! 정말 웃기지도 않는군. 인간! 뭔가 했더니 스펠 브레이커(Spell Breaker)? 지금 주문 설계 능력으로 나를! 이 하인켈을 상대하겠다는 것이냐?"

무시무시한 기세와 살기였지만 멀린은 싱긋 웃었다.

"응."

"애송이가!!"

분노의 외침과 함께 하인켈의 술식이 도리어 멀린의 오른손을 감싼 푸른색의 마력에 스며들기 시작했다. 침식(侵蝕)이었다. 하인켈의 마력 제어가 멀린의 마력에 파고들어 먹어치우기 시작한 것이다. 그러나 그보다 먼저 하인켈의 마력 장벽에 균열이 생겼다.

쩌적.

"…뭐?"

쾅!

믿을 수 없게도 하인켈의 마력 장벽이 도자기처럼 깨져 나갔다. 거의 반사적으로 깨지는 마력 장벽을 폭발시켜 멀린의 주먹을 튕겨낸 그였지만 멀린은 처음부터 그럴 거라고 예상한 듯 전혀 놀라지 않고 뒤로 당겼던 왼손을 번개처럼 내질렀다.

"큭……!!"

하인켈이 신음하며 공격을 위해 준비했던 흑마력을 마력 장벽으로 전환했다. 물론 시간이 없는 만큼 그 마력 장벽은 치밀하게 짜인 술식이 아닌 단순한 마력량으로 만들어진 물건. 급조한 만큼 그 수준이나 지속 시간은 실로 저열했으나 압도적인 흑마력이 사용된 만큼 절대 뚫릴 리 없다. 하지만 그것만으로도 하인켈이 느낀 치욕은 대단했다. 그야말로 마법에 인생과 생명까지 바친 그가 단순 마력량으로 승부해야

하다니! 이런 일은 고위의 마법사가 아니라 사고 자체가 없는 마물들도 가능한 일이었다.

'네놈……!'

자존심에 깊은 상처를 받은 하인켈의 눈동자가 더욱 크게 불타올랐지만 자존심을 위해 패배한다는 것 역시 있을 수 없는 일. 그는 단 한 방, 한 방만 버티면 방심하지 않고 멀린을 갈아버리겠다고 다짐하며, 오른손으로 마력 장벽을 유지하며 또 다른 한 손에 검은 불꽃을 피워 올렸다. 마력 장벽에 가로막혀 0.1초라도 멈칫거리게 되면 망설임없이 멀린의 몸을 한 줌 잿더미로 만들 거라고 다짐하는 하인켈이었지만 그 순간 멀린의 왼손이 마력 장벽 위를 때렸다.

태극신수(太極神手).

"…뭐?"

소리는 없었다. 하지만 하인켈은 소리를 들었다고 생각했다. 텅! 하고 금빛으로 빛나는 멀린의 손이 마력 장벽을 때리는 순간 그의 손을 가로막아야 할 마력 장벽은 오히려 그 힘을 더해 하인켈의 가슴을 꿰뚫어 버렸다.

"안녕."

"네놈……."

그러나 말을 더 잇지 못하고 하인켈은 검은색 연기로 흩어져 갔다. 그리고 떠오르는 구형의 원. 그것이 드랍 아이템이라는 깨달은 멀린은 소리쳤다.

"팔찌! 팔찌! 아까 그 팔찌 나와라!!!"

그러나 나온 것은 신발, 정확히 말하면 가죽 부츠였다. 마치 군화처럼 목이 길었는데 어두운 곳에서 보면 시야에 들어오지 않을 정도로 새까만 색을 가지고 있었다.

"꽝인가… 아니, 뭐, 리치가 준 거니 충분히 좋은 것일 테지만."

손을 내밀어 잡아보자 무게가 전혀 없는 듯 가벼웠다. 느껴지는 것은 차분하게 가라앉아 있는 어둠의 마력. 멀린은 곧 감정을 사용했다.

Item

[나이트 워커(Night Walker)]   1급   Unique

어둠 속을 걸을 수 있게 해주는 부츠. 자체적으로 이동 시의 기척을 제거해 주며 그림자에서 그림자로 이동하는 것을 가능하게 만든다. 처음에는 연결된 그림자에서만 사용할 수 있지만 익숙해지면 익숙해질수록 응용이 가능하다.

암흑 속성력이 30포인트 이상일 시 3레벨부터 사용 가능.

"좋아 보이긴 하는데 이놈의 레벨이 문제군. 그렇다고 갑자기 암흑 속성력을 30포인트나 얻기도 힘들어 보이고. 예전

그 안경처럼 요구조건이 나랑 맞으면 좋을 텐… 아, 맞다. 그러고 보니 안경."

멀린은 인벤토리를 열어 예전 해룡의 신전에서 얻었던 A급 레어 아이템 클로즈(Close)를 꺼냈다. 검은 테에 금색 문양이 그려진 고급스러운 외형의 물건. 멀린은 별 망설임 없이 안경을 썼다.

키잉!

"읏?"

그리고 그것으로 강화안이 완벽하게 봉인되었다. 물론 렌즈를 피해 시야를 외각으로 돌리면 어느 정도 강화안을 사용할 수 있지만 정면을 보면 마술처럼 강화안이 제한되었다. 강화안 자체는 사용이 되는데 원래대로라면 수십 배는 강화되어야 할 시야가 두세 배까지 줄어드는 것이다. 거의 1/10에 가까운 제약이었다. 게다가 강화안을 사용하는 데 힘이 더 드는 게 아닌가.

"아, 눈 아파… 이건 안 쓸래."

수련용이라고는 하지만 딱히 강화안을 더 수련할 필요성을 느끼지 못하는데다 재미없는 일에는 전혀 관심이 없는 멀린은 바로 클로즈를 벗어 인벤토리에 집어넣었다. 그리고 그 순간,

쩌적!

"…응?"

크오오오―!

무시무시한 포효와 함께 크라켄을 감싸고 있던 얼음이 단숨에 깨져 나갔다. 크라켄은 그 무시무시한 언데드들의 공세와 하울링 스펠을 얻어맞고서도 아직 멀쩡히 살아 있는 것이었다!

"크, 큰일이다! 빨리 물로 가지 않으면!"

물론 물 친화를 가지고 있는 멀린은 얼음 역시 조종할 수 있었지만 이미 형태가 고정된 얼음으로 육체를 가속시키긴 거의 불가능! 물론 얼음 안으로 몸을 숨긴다는 선택지도 있지만 거대 괴수 크라켄을 상대로 그런 짓을 했다간 얼음과 함께 통째로 박살날 것이 분명하다는 걸 깨닫고는 창백한 얼굴로 얼음을 단단히 디뎠다.

크라켄이 다만 5~6초라도 좋으니 망설여 주기만 한다면 도주가 가능하겠지만 그렇지 않다면 한 방에 즉사하는 것도 가능한 상황. 그러나 그 순간 크라켄이 배에 얽혀 있던 다리를 풀고 몸을 돌렸다.

크르르……

"어?"

물론 멀린은 몰랐지만 크라켄은 판단을 내렸다. 지금까지의 급박한 전투와 멀린의 하울링 스펠의 타격으로 그의 생명력은 1/3에 가깝게 소모된 상태. 물론 크라켄의 생명력이라면 고작 1/3이 아니라 죽기 직전까지 몰려도 얼마든지 전투를 수행하는 게 가능하지만 크라켄의 존재 목적은 유저들을 살해하는 게 아니라 다이내믹 아일랜드를 벗어나려는 함선들을 가라앉히는 것이기 때문에 이내 전투를 포기한 것이다.

와드드득. 콰득!

크라켄은 단순히 물속으로 잠겨들어 갈 뿐이었지만 그 덩치가 워낙에 거대해서 단단히 얼어 있던 얼음이 죄다 깨져나가며 바다가 미친 듯이 요동쳤다. 하지만 그럼에도 멀린은 크라켄의 모습이 사라질 때까지 가만히 지켜보고만 있었다.

"와! 저건 정말 못 잡겠다."

허탈하게 웃으며 긴장된 몸을 푸는 멀린. 그리고 싸움이 끝났다는 게 확인되자 그는 오른손과 왼손의 검지를 양 귓구멍에 집어넣고 마력을 운용했다.

가슴을 태운 것처럼 눈물에 베인 것처럼.

음악이 플레이되기 시작했다. 물론 그건 일반적인 MP3 파일과는 전혀 달랐다. 이러니저러니 해도 현실과 이어진 부분이라고는 현금을 골드와 거래할 수 있다는 것뿐인 디오에서 음악 파일을 제공받는 것은 불가능한 일이었으니까.

멀린이 듣고 있는 그 음악은 어딘가에서 다운받은 것도, 그렇다고 외부의 소리를 녹음한 것도 아니라 그냥 '머릿속의 기억'만을 재료로 가수의 목소리는 물론 악기들의 연주까지 완전하게 '재현'하여 만들어진 음원을 근본으로 했다.

풍덩!

물속에 몸을 던진 멀린은 여기저기 흩어져 있는 아이템들을 다시 수거하기 시작했다. 물론 몬스터가 1만 마리라고 해서 아이템이 1만 개인 것은 아니었다. 기본적으로 크라켄에게 죽은 언데드가 전체 언데드의 절반, 즉 5천—망자의 함을 우그러뜨릴 때 떼죽음을 당했다—에 가까웠던데다가 물에 빠진 2천 마리 상당의 언데드들은 몸이 무거워서 그런지 바닥까지 가라앉아 버둥거리고 있었다. 만약 생물체였다면 죄다 익사했겠지만 호흡을 하지 않는 언데드들이기 때문에 다들 고스란히 살아서 전력을 유지하고 있는 것이었다.

'저것들은 그냥 놔두자.'

하울링 스펠을 써버린 이상 멀린이 그들을 사냥하기 위해서는 문자 그대로 일일이 때려잡는 수밖에 없었다. 물론 물속에선 멀린이 유리하겠지만 각개격파도 아니고, 2천 마리가 뭉쳐 있는데 그걸 때려잡으려고 덤볐다간 오히려 반격당할 가능성이 너무 높았다. 게다가 시작점부터 목표까지 물속이면 활을 쏘기도 어려워—멀리 있는 물은 제어할 수 없기 때문에—원거리도 안 되고 거의 백 마리 이상 남은 메이지 계열 언데드들이 물속에서 전격 마법이라도 사용하면 아무리 멀린이라도 피할 수 없었다. 바다 위에 있을 때는 노려볼 만했는데 오히려 물속에 잠겨드니 건들기 어려운 존재가 된 것이다.

촤악!

멀린의 몸이 수면 위로 솟구쳐 올라 얼음 위로 내려섰다. 회수한 아이템은 거의 천여 개에 가까웠다.

"오, 표본이 많으니 확률이 나오네. 내가 잡은 몬스터가 3천 마리였으니 뭐라도 떨어질 확률은 30% 정도인가?"

아니다. 일반적으로 몬스터를 잡았을 때 아이템이 드랍될 확률은 고작 10%에 불과했다. 물론 고레벨의 몬스터라면 아이템 드랍률이 조금 더 높은 편이지만 이렇게나 아이템이 많이 떨어진 건 단순히 그의 운 때문. 가뜩이나 재능도 넘쳐흐르는 녀석이 운까지 좋은 것이다!

"정리는… 나중에 하자, 나중에."

아이템이 너무 많아서 인벤토리에 다 들어가지도 않았기 때문에 궁여지책으로 하우징을 열어 그 안에 쏟아 넣었다.

뚜드득. 뚜득.

시간이 꽤 지나서인지 서서히 빙판에 금이 가기 시작했
다. 당연한 것이, 그가 지금 있는 스타팅 남쪽의 바다는 마치
열대지방처럼 1년 내내 여름이 지속되는 장소. 게다가 빙판
을 유지하고 있는 건 순수한 냉기가 아닌 마력에 의한 것으
로, 얼어붙은 빙판이 마력의 소멸과 함께 녹기 시작한 것이
다.

"슬슬 가야겠군. 하지만 어디로 가지?"

당연한 말이지만 미리 생각한 목적지 같은 게 있을 리 없었
다. 그냥 즐기자는 마음으로 게임을 하고 있는 그에게는 레벨
업마저도 그리 중대한 목표가 아니었다. 당연히 7대성지에도
전혀 관심이 없었다. 하다못해 상위 술식과 무공을 견식하려
면 마탑(魔塔), 바벨(Babel)이나 천무성(天武城)이라도 가야 하
는데 거기에도 관심이 없는 것이었다.

그리고 잠시 고민에 빠진 멀린의 귀로 새로운 음악이 재생
되었다.

저 먼 바다 끝엔 뭐가 있을까~ ♬

그가 저장한 곡의 숫자는 서른 개가 넘기 때문에 때마침 그
곡이 흘러나온 건 문자 그대로 우연이라 할 만한 일. 하지만

그 사건으로 멀린은 마치 운명처럼 중얼거렸다.

"…정말 뭐가 있을까?"

다른 사람이 들었으면 헛웃음을 지을 만한 질문이었지만 멀린은 진지했다.

"뭐가 있을까?"

그 질문을 마지막으로 그의 표정이 밝아졌다. 목표를 찾은 것이다!

"오케이!"

점점 녹아내리기 시작한 빙판을 박차고 바다에 뛰어든 멀린은 마치 잠수정에서 쏘아낸 어뢰처럼 앞으로 나아가기 시작했다.

*   *   *

한편, 스타팅 남문.

"왜 이렇게 늦지?"

공성전을 위해 스타팅 남문에는 수많은 유저들이 모여 있었다. 그전에 벌어졌던 공성전에서의 사상자가 한둘이 아니었는지라 숫자는 꽤 줄어 있었지만—24시간 전 서문의 공성전에서 사망한 인원들은 아직 복귀하지 못했다—남은 인원들은 이미 한 번에서 최대 세 번의 공성전을 경험한 인물들인지라 모두 기백이 넘쳐흘렀다.

"왜 안 와?"

하지만 기백이 넘치는 눈동자에 하나둘 의문이 떠오르길 시작했다. 올 시간이 지났는데도 와야 할 언데드 군단은 소식조차 없었기 때문이다.

"어떻게 된 거야?"

"강화안 사용자들, 뭣 좀 안 보여?"

"전혀. 먼지도 안 이는데?"

이상함을 느낀 듯 궁수로 보이는 유저 몇이 높은 탑에 올라가 주변을 살폈지만 아무런 소식이 없었다. 강화안을 사용하는 이들 중 몇은 해변의 모습까지 살필 수 있었지만 바다 저 멀리에서 가라앉은 망자의 함을 발견할 수 있을 리는 없는 일이었다.

"리치 녀석이 텔레포트로 오려는 거 아냐?"

"1만 대군을 텔레포트로 이동시킨다니… 너, 마법사 아니라고 너무 무식한 소리 하는 거 아니냐?"

웅성거림은 점점 커져 갔다. 공지사항을 확인하는 이들도 몇 있고 투명 주문 같은 은폐 기술로 자신들을 감춘 채 접근하고 있을지도 모른다며 정찰대를 만드는 이들도 있었다. 하지만 그럼에도 대부분의 유저들은 태평히 기다렸다.

"조급해하지 마. 설마 공지사항에 남문으로 온다고 해놓고 다른 곳으로 오겠어?"

"하긴 그렇지?"

"뭐, 휴식이나 하면서 기다리면 죽었던 녀석들도 슬슬 살아나겠지. 나쁠 건 없는 이야기야."

그렇게 중얼거리며 기다리는 유저들. 하지만 그럼에도……

망자의 군대는 끝끝내 모습을 드러내지 않았다.

Chapter 15
테스트 종료

D.I.O. 즉, 다이내믹 아일랜드 온라인이라는 이름대로 디오는 하나의 섬으로 이루어진 지형을 가지고 있다. 물론 그렇다고 해서 플레이할 공간이 모자라거나 하진 않았다. 다이내믹 아일랜드의 크기는 지름 600킬로미터에 가깝기 때문이다.

  서울에서 부산까지의 직선거리가 314㎞라는 걸 생각하면 이 섬의 크기는 어지간한 국가에 맞먹을 정도. 게다가 아직 테스트만 하고 있을 뿐이지만 다이내믹 아일랜드는 유저들의 기본적인 거주지이자 사냥터―다이내믹 아일랜드에는 유저들이 거주하는 7대성지와 사냥터만 있을 뿐, NPC들의 마을은 하나도 없다—일 뿐, 본격적인 퀘스트나 레벨 업 시의 시험처럼 개별 공간으로 이동해 플레이하기 때문에 공간 효율이 뛰어났다. 혹여 수십억에 가까운 유저가 유입된다 해도 소화할 수 있는 여력이 디오에는 있는 것이다.

그렇기에 디오의 세계에서 사냥터나 거주지가 부족해 문제가 될 일은 없었다. 아니, 오히려 맵이 너무 넓어 도시 간의 이동에 문제가 있을 정도인 것이다.

타다닥.

가지런히 깔려 있는 석재 타일 위로 20대 중반 정도로 보이는 사내가 달리고 있었다. 그리 빠르지는 않은 속도였다. 물론 빠르지 않다고는 해도 100미터를 12초에 돌파하고 있지만 디오의 세계에서 이 정도는 어디 가서 말도 못 꺼낸다. 극단적으로 말하면 마법사도 체력과 근력에 조금만 신경 쓰면 그 정도는 뛰는 것이다. 하지만 그는 마법사도 아닌 직접계 전투를 행하는 오오라 사용자. 그가 그렇게 느린 것은 가진 힘을 모두 소진했기 때문이다.

"우웨엑!!"

그리고 마침내 목적지에 도착해 구역질을 해댔지만 먹은 게 없었기 때문에 위액만이 올라올 뿐이다. 그의 전신으로 수증기가 피어올랐다. 충만하던 오오라는 모조리 소진되어 조금도 남아 있지 않은 상태였다.

"허억… 허억… 아직도 멀었군. 두 시간 55분이라니……."

사내, 랜슬롯은 숨을 몰아쉬며 몸을 일으켰다. 그의 앞에 있는 거대한 문은 오오라 사용자들의 성지인 천향의 영지로 들어가는 입구였다. 백룡(白龍)인 천향이 관리하는 땅이기 때문인지 입구에는 거대한 용의 조각이 새겨져 있었다.

쿵! 쿵!

후들거리는 손으로 장갑을 벗어 땅에 던지자 묵직한 소리가 들렸다. 언뜻 천으로 만들어진 것처럼 보이지만 그건 강철을 엮어 만든 물건으로, 자체 무게만 해도 5킬로그램에 가까웠다. 물론 이능을 사용하는 초인들에게 5킬로그램은 그리 부담되는 수준이 아니지만 가중(加重) 마법이 걸려 장갑 한 짝에 15킬로그램씩인데다 신고 있는 신발 역시 15킬로그램씩, 게다가 입고 있는 조끼는 80킬로그램으로, 다 합쳐 140킬로에 가까운 무게를 자랑했다.

"최고 속도는 시속 100킬로가 넘는데 세 시간 가깝게 걸리다니… 스태미나가 너무 부족해. 절반도 못 달려서 오오라가 떨어져 버렸어."

스타팅을 제외한 일곱 개의 도시는 다이내믹 아일랜드 전역에 흩어져 있었는데, 그중 스타팅에 가장 가까운 도시가 바로 오오라 사용자들의 성지, 천향의 영지였다. 물론 그렇다곤 해도 가까운 건 아니어서 그 거리는 무려 100킬로미터에 달했다. 거의 서울에서 천안까지의 거리인데 랜슬롯은 그걸 쉴 새 없이 달려온 것이다.

"게이트 비용이 너무 비싸니 원."

물론 사람들끼리 모여서 한 번에 이동하는 방법도 있지만 공성전 때문에 다른 유저가 없었고 수련도 겸해서 달려봤는데 상당한 시간이 걸린 것이다. 그나마 천향의 영지가 스타팅에서 가장 가까운 도시라 이 정도였지 가장 먼 곳에 위치한 마탑 바벨까지의 거리는 무려 300킬로미터였다. 심지어 천향의 성지와는 다르게 길도 직선이 아니어서 가려면 족히 400킬로미터는 달려야 했으리라.

"저번에 죽으면서 날아간 오오라가 뼈아프군."

랜슬롯은 땀을 닦기 위해 벗었던 장갑을 다시 낀 후 장비 변경으로 평상복으로 돌아왔다. 한바탕의 달리기로 아직 훈련이 더 필요하다고 느꼈지만 어차피 오오라는 바닥까지 떨어진 상태인데다 그가 천향의 영지를 찾은 원 목적은 훈련이 아니었다.

"천향의 영지에 오신 걸 환영합니다, 랜슬롯님."

머리 위에 [경비병 딜리스 기이라고 적혀 있는 금발의 미녀가 꾸벅 고개를 숙였다. 스타팅에 있는 경비병들과 마찬가지로 여덟 개의 도시 중 하나인 천향의 영지를 지키기 위해 배치된 NPC로, 탄탄하게 다져진 몸매와 외모로 세계적인 스타가 될 만한 외모의 미녀임에도 여기서는 그냥 잔뜩 배치된 경비병 중 하나일 뿐이다. 분명 이 도시 여기저기에 그녀와 똑같이 생긴 여인들이 99명 더 존재하고 있으리라.

"땀을 많이 흘리셨네요. 씻겨 드릴까요?"

[경비병 카라 7]이라고 적혀 있는 청발여인의 말에 랜슬롯은 황망함을 느꼈다.

"씻겨주신다고요?"

"호호, 물론 제가 씻겨 드리는 건 아니죠."

그렇게 말하는 그녀의 주위로 시원한 바람이 불어오더니 물방울이 모여 손바닥만 한 소녀의 모습으로 변했다. 정령술이었다.

"아, 그렇군요. 물론 그럼 감사하죠."

그가 승낙하자 카라 7은 가볍게 손을 휘저었고 땀에 흠뻑 젖어 있던 랜슬롯의 몸이 순식간에 깨끗해졌다. 그리고 그런 와중 그는 딜리스 7의 기운을 살짝 감지해 보았다. 별 의도는 없었다. 다만 카라 7이 정령술사라는 걸 알았기에 그녀는 무슨 힘을 다룰까 궁금했던 것뿐이다.

'오오라 사용자군.'

게다가 어마어마한 고수였다. 그도 당연한 것이, 디오의 세계를 지키기 위해 존재하는 경비병들은 하나같이 10 이상의 레벨을 가지고 있었으니까. 지금 정령술로 그의 몸을 씻겨주는 카라 7 또한 마음만 먹으면 그를 살해하는 데 10초도 필요하지 않으리라.

"훨씬 상쾌하네요. 귀찮을 텐데 감사합니다."

"어차피 지금 할 일도 없으니까요."

사람 좋게 웃으며 윙크하는 그녀의 모습은 어지간한 남자라도 사랑에 빠져 버릴 정도였지만 랜슬롯은 꾸벅 고개를 숙이고는 천향의 영지 안으로 들어섰다.

천향의 영지는 전체적으로 한가했다. 거의 모든 유저들이 공성전을 위해 스타팅에 모여 있기 때문이었다.

"어디 보자, 천향의 위치가……."

왼손으로 두 눈을 가리고 잠시 기다리자 맵(Map)이 시야를 가득히 채운다. 물론 레벨 업 시험 시에 일정 확률로 주어지는 미니맵과 다르게 일반 맵에서는 단지 지형을 표시할 뿐이지만 천향의 행동반경은 그리 넓지 않기 때문에 찾기는 쉬운 편이었다.

"어? 처음 보는 분이네요."

"네. 이번에 막 6레벨에 들어서서요."

스타팅을 제외한 일곱 개의 성지는 전부 외처(外處)와 내처(內處)로 공간을 나누고 있다. 외처에서 관련 서적을 구하거나 교관에게 수업료를 내고 교육을 받는 데에는 별 제한이 없지만 내처에 들어서서 정도 이상의 고급 서적을 열람하거나 각 능력의 극의에 다다른 그랜드 마스터(Grand Master)를 만나기 위해서는 최소한 6레벨에 도달해야 한다. 그것은 무분별한 인원의 유입으로 그랜드 마스터들이 귀찮은 상황에 빠지지 않기 위한 조치였다.

"존댓말하실 필요 없어요. 제가 훨씬 어려 보이는데."

물론 잘 모르는 사람이 보면 천향의 모습은 그야말로 귀여운 소녀였다. 새하얀 백발을 양 갈래로 허리까지 늘어뜨린 그녀의 모습은 잘 봐줘도 10대 중반, 언뜻 10대 초반으로까지 보일 정도였으니까. 하지만 그건 말 그대로 어려 '보일' 뿐이지, 사실 그녀는 유저들보다 열 배에서 최고 50배 이상 긴 시간을 살아온 존재였다.

"하하, 그래도 가르침을 받으러 온 입장에서 반말을 하기는 좀 그렇군요."

"가르침이요?"

설사 누군가 제자로 삼아달라고 졸라봐야 무시하겠지만 그랜드 마스터에게 가르침을 받으러 오는 인원은 별로 없다. 도서관이나 수련장에서 만날 수 있는 교관들의 교육만 해도 충분히 훌륭하니까.

유저의 숫자가 막대하긴 하지만 각 성지의 교관들은 마치 초보 존의 마리처럼 격리 차원에 무한히 존재하기 때문에 유저들은 언제나 일대일로 질 높은 수준의 교육을 받을 수 있었다. 물론 천향의 경지가 그들보다는 더 높지만 능력의 수준과 경지를 끌어올리는 건 개인의 자질과 노력의 문제이지 스승의 경지가 더 높다고 해결될 문제가 아닌 것이다.

"정확히 말하자면, 물어볼 게 있어서요. 교관들도 제대로 대답해 주질 않는지라."

"무슨 문제인데요?"

"그게… 아직도 계통 발현이 안 됩니다."

"6레벨인데 속성 계통도, 구현 계통도 발현하지 않는다고요?"

보통은 5레벨이면 어느 방향이든 능력이 발현된다는 사실을 알고 있는 천향은 눈을 동그랗게 떴다. 물론 발현된다고는 해도 겨우 형태가 잡히는, 문자 그대로 이제 겨우 시작이라고 표현할 수 있는 수준이지만 그것조차 안 된다고 하면 이상한 일이 아닐 수 없었다.

"오오라를 일으켜 보실래요?"

천향의 말에 랜슬롯은 오오라를 일으켰다. 물론 천향의 영지까지 달려오는 동안 모조리 소진되어 미약하기 짝이 없는 오오라만이 흘러나왔지만 어차피 오오라 양을 보려는 건 아니었기 때문에 상관없는 일이었다.

짝.

별안간 천향이 박수를 치자 깜짝 놀란 랜슬롯이 움찔했다.

그는 갑자기 무슨 일이냐는 표정으로 천향을 바라보았지만 이미 집중해 그의 오오라를 읽고 있는 그녀는 신경 쓰지 않고 말했다.

"오오라를 오른쪽 어깨에 집중해 보세요."

"어깨에 말인가요?"

"네."

"잠시만요."

그녀의 말대로 오오라를 오른쪽 어깨로 이동시키는 랜슬롯. 그러는 동안 움직이는 오오라의 반응을 체크한 천향의 눈이 가늘어졌다.

'그냥 재능이 없어.'

그 황당한 사실에 천향은 잠시 말을 잇질 못했다. 그가 계통을 발현시키지 못하는 데는 특별한 이유가 없었다. 1~3레벨 유저가 왜 계통을 확립하지 못하는가. 그냥 능력이 부족하기 때문이다.

'맙소사, 단순히 재능이 없어서 6레벨이 되도록 계통 발현이 안 되다니.'

흔치 않은 일. 하지만 그렇다고 그가 특별한 존재라는 건 아니었다. 그가 정말 재능이 없는 건 사실이지만 재능이 없는 사람은 그 외에도 얼마든지 있다. 이러니저러니 해도 재능없는 이가 재능있는 사람보다 흔한 건 당연한 이치가 아닌가.

하지만 천향은 이런 경우를 처음 봤다. 왜냐하면 이렇게 재능 없는 이는 절대 5레벨을 넘어서질 못하기 때문이었다.

'대체 어떻게 6레벨에 도달한 거지? 아니, 그것보다 어떻게 베타 테스트에 뽑힐 수 있었던 거야?'

교관들이 혼란에 빠진 이유를 알 것 같았다. 지금 그녀의 앞에 있는 사내는 오오라를 제어하는 능력이 이제 갓 오오라를 다루기 시작한 이들과 큰 차이가 없었다. 계통 발현이 안 되는 것도 같은 이유. 그런데 그런 그가 6레벨인 것이다. 심지어 지닌 오오라도 제법 단련이 잘된 상태가 아닌가.

"흠. 오빠, 죄송한데 잠깐 덤벼보지 않을래요?"

"덤비라고 말입니까? 하지만……."

"당연한 말이지만 절 걱정할 필요는 없어요. 오빠가 목숨을 걸고 덤비셔도 새끼손가락 하나로 다 처리할 수 있으니까요."

그녀의 자신만만한 웃음에는 한 점의 허세도 없었다. 그녀는 정말 사실을 말하고 있는 것이다.

"뭐, 그렇게 말한다면."

하지만 그렇다고 해서 바로 정색하며 창을 겨누는 랜슬롯도 정상은 아니었다. 머리로야 천향이 강력하다는 걸 알아도 외형에서 오는 기본 인식은 쉽게 벗어날 수 있는 게 아니기 때문에 몇 번은 망설이는 게 보통이니까. 하지만 천향은 상관

없다는 듯 말했다.

"그럼 오세요."

핑!

말이 끝나기가 무섭게 번개 같은 찌르기가 내질러졌다. 진 각을 내딛으며 이동한 몸과 창 자체의 무게, 내찔러진 창의 속도, 그리고 이제 막 회복되는 상태였기에 미약하기 짝이 없 지만 단단하게 결집된 오오라가 절묘하게 일치된 그림 같은 일섬이었다.

'훌륭한 찌르기!'

천향은 테스트에서 감지했던, 그 둔하기 짝이 없던 오오라 반응이 마치 거짓말이었다고 말하는 것 같은 랜슬롯의 동작 에 놀라며 왼쪽으로 한 발짝 이동했다. 가벼운 움직임이었지 만 그것만으로 랜슬롯의 공격을 완전하게 회피한 것이다.

홍.

몸을 피한 천향의 손바닥이 랜슬롯의 측면으로 파고들었 다. 어떻게 방어하는지 보기 위한 공격이었지만… 랜슬롯은 그냥 맞았다.

"어?"

픽! 하고 랜슬롯의 몸이 3~4미터나 날아가 벽에 충돌하는 모습을 보며 천향은 황망하다는 표정을 지었다. 그토록 **빠른** 찌르기를 한 주제에 고작 이 정도 반격에 맥을 못 추다니. 그녀는 황급히 움직여 비틀거리는 랜슬롯을 부축하려 했지만 그는 살짝 고개를 흔들었다. 괜찮다는 뜻이었다.

"죄송합니다. 또 반응을 못했군요."

"하지만 제 공격이 눈에 안 보일 정도로 빠르진 않았는데……."

"공격을 감지 못한 건 아닙니다. 저도 눈이 없는 건 아니니까요. 하지만 원하는 곳으로 오오라를 이동시키는 데 한 박자… 아니, 두 박자 이상 늦습니다. 차라리 처음부터 오오라를 사용하지 않으면 상관없지만 그러면 위력이 너무 나오지 않으니……."

즉, 다른 이유가 있어서가 아니라 공격을 감지했음에도 오오라를 컨트롤하지 못해 방어하지 못했다는 뜻. 하지만 다시 생각해 보면 천향이 처음 테스트했던 오오라가 딱 그 수준이었다. 찌르기가 상당한 빠르기로 들어와 손을 과하게 썼던 것뿐. 그리고 그 순간 천향은 랜슬롯이 어떻게 그렇게 빠른 찌르기를 했는지 깨달을 수 있었다.

'무수한 연습……'

아마도 그는 이 찌르기만을 수십수백, 아니, 어쩌면 수천 번 이상 반복해서 수련했으리라. 반복에 반복을 계속해 육체, 그 자체는 물론 오오라조차 그 과정을 기억해 버릴 만큼. 때문에 그는 자신의 반응속도조차 뛰어넘는 찌르기를 손에 넣을 수 있었지만… 적이 그 이외의 동작을 취하면 아무런 소용도 없다. 지금 같은 결과가 나오는 것이다.

"이유를 알겠습니까?"

"아, 네. 알긴 하겠는데……."

그래, 분명히 알았다. 그냥, 단지 재능이 없어서 그렇다. 하지만 그걸 사실 그대로 말해주는 건 너무 잔혹한 일이 아닌가. 때문에 그녀가 고민하고 있을 때 새로운 인물이 모습을 드러냈다.

"아, 짜증나!"

"크루제 언니?"

"대체 왜 안 오는 거야! 이번 너석이야말로 내가 잡으려고 했는데!"

화가 단단히 난 듯 그녀의 몸에서 오오라가 이글이글 타오르고 있었다. 하지만 단순한 감정 변화 때문에 이 정도의 오오라가 움직이다니. 별다른 의식 없이 움직이는 오오라가 이 정도면 최대 오오라는 랜슬롯보다 못해도 수십 배, 심하면 백배 이상 차이 나는 수준이었다.

물론 기본적으로 오오라는 100포인트 기점으로 증가량이 열 배인데다 그가 몇 번 사망해 오오라가 깎였기에 그런 것이겠지만, 아무리 그래도 같은 유저인데 이렇게나 차이가 난다는 건 기본적으로 오오라의 경지가 압도적으로 다르다는 말이었다.

'엄청난 오오라… 저 녀석이 그 소문의 마스터인가.'

공성전 시 상당히 먼 위치에서 싸웠던 터라 탱크의 포격이나 몇 번 봤을 뿐이지만 그녀에 대한 소문은 귀가 따갑도록 들어본 랜슬롯이었다. 그녀야말로 현재 디오에 존재하는 단 두 명의 마스터 중 하나로, 가장 유명한, 흔히 말하는 네임드 유저라고 할 만한 존재였으니까.

"무슨 일이라도 있나요?"

"공성전인데 망자의 군대가 안 왔어. 이건 뭐, 공지사항으로 사람을 낚는 것도 아니고."

크루제는 씩씩거리며 의자에 털썩 주저앉았다. 그녀와는 꽤 자주 보는 편이라 그런 태도에 익숙한 천향은 부드럽게 웃으며 말했다.

"차라도 드릴까요?"

"그러면 고맙지. 아, 사과도 하나 먹을게."

"상관없죠."

"하지만 너희들은 망자의 군대에 대해 아는 거 없어?"

랜슬롯은 보이지도 않는 건지 천향하고만 대화를 나누는 크루제. 하지만 랜슬롯은 그 모습에 불쾌감을 느낀다거나 하지 않았다. 그의 성격이 좋아서라기보다는 다른 장면이 그의 시선을 끌었기 때문이다.

스윽.

같은 오오라 능력자인 그는 개안(開眼)의 과정없이 크루제의 오오라를 볼 수 있었다. 물론 크루제의 경지가 더 높았던만큼 감추려고 한다면 볼 수 없겠지만 그녀는 그럴 생각이 전혀 없기 때문에 랜슬롯은 크루제의 오오라가 오른쪽 어깨 위로 튀어나오는 걸 볼 수 있었다. 그것도 단순한 오오라 방출이 아니라 손 모양으로 유형화시켜 머리 위에 있는 사과나무의 가지에 매달린 사과를 따오는 게 아닌가? 심지어 사과에는 흠집 하나 안 났다. 원래대로라면 유형화된 오오라에 닿기만 해도 극심한 영향을—물론 오오라의 성향마다 다르다. 박살날 수도, 타버릴 수도, 심지어는 풍화되거나 쪼그라들 수도 있다—받아야 하는데 너무 멀쩡한 것이다.

"글쎄요. 공지사항에도 떴다면 분명히 출발은 했을 텐데…… 망자의 대지는 남쪽에 있는 섬이니 배라도 가라앉은 게 아닐까요?"

랜슬롯은 아삭, 하고 사과를 베어 먹는 크루제의 모습에 경악했다. 그는 오오라를 단순히 이동시키는 것조차, 그러니까 오른손에서 왼손으로 옮기는 과정조차 힘들고 오오라를 전신으로 방출해 갑옷처럼 두르기 위해서는 정말 식은땀이 흐를 정도의 집중이 필요했다. 그런데 다른 이야기를 하면서 자연스럽게 오오라를 방출해 손 모양으로 변형시켜 사과를 따는 게 가능하단 말인가. 심지어 그런 말도 안 되는 일조차 전혀 의식적인 행동이 아닌 듯 그녀는 투덜거리는 것에 집중하고 있다.

"말도 안 돼. 명색이 1만 대군에 리치가 껴 있는 배가 그렇게 쉽게 가라앉을 리 없잖아."

"물론 그렇긴 하지만… 뭐, 전혀 정보가 없으니 저도 모르겠네요. 어쩌면 녀석들이 내면 깊숙한 곳에 있던 평화주의에 각성했을지도 모르고."

"뭔 각성이야, 그건."

중학생. 많이 봐줘도 고등학생의 외모를 가진 크루제는 당장 아이돌을 해도 괜찮을 정도로 귀여운 외모의 소유자였다. NPC 중에서도 순위권에 속할 정도로 귀여운 천향의 옆에서 빛바래지 않는 것만 봐도 그녀의 미모가 보통의 것이 아니라는 증거. 어쩌면 나이를 더 먹어 성숙해지면 이런 게임이 아니라 TV에서 봐야 할 소녀지만… 적어도 지금의 랜슬롯에게는 어마어마한 벽으로 느껴졌다. 물론 적이라는 의미가 아니었다. 그 벽은 [현실]이라는 이름을 가지고 있었으니까. 그리고 그 사실을 깨닫는 순간, 그는 자신의 계통이 왜 발현되지 않는지 알 수 있었다.

"그만 가보겠습니다."

"에? 하지만."

"아뇨. 여기서 이러고 있어봐야 폐만 되겠지요. 그럼."

랜슬롯은 천향의 대답을 기다리지도 않고 내처를 빠져나왔다. 디오에 존재하는 여덟 개의 도시는 하나같이 상당한 면적을 자랑해 빠른 발걸음을 가진 그조차 빠져나오는 데 15분 이상의 시간이 걸렸지만 랜슬롯은 주변을 둘러보지도, 혼잣말을 하지도 않은 채 그저 묵묵히 걷기만 했다.

"아, 랜슬롯님. 벌써 나가시는 건가요?"

랜슬롯의 모습을 발견한 경비병 카라 7이 말을 걸었지만 랜슬롯은 대답하지 않았다. 그냥 묵묵히 문을 지나쳐 스타팅까지 직선으로 뻗어 있는 도로를 따라 걸을 뿐이었다.

"랜슬롯님?"

"장비 2번."

랜슬롯이 묵묵히 중얼거리자 가중 마법이 걸려 있는 강철 장갑과 신발, 그리고 조끼가 걸쳐졌다. 그리고 뛰기 시작했다. 당연한 말이지만 오오라를 소진한 지 얼마 지나지도 않은 상태였기 때문에 전력으로 스타팅까지 달려간다는 건 불가능한 일. 하지만 랜슬롯은 무시무시한 기세로 달리기 시작했다.

"어라? 에? 왜 저러지?"

카라 7은 조금 전과 전혀 다른 랜슬롯의 분위기에 당황한 듯 두 눈 가득히 물음표를 띨 뿐이었다. 벌써 랜슬롯의 모습은 상당히 멀어진 상태였다. 그의 오오라는 다 타버린 촛불처럼 당장에라도 꺼질 것같이 일렁거렸지만 언제까지라도 멈추지 않을 것처럼 달릴 뿐이었다. 그리고 그 모습을 가만히 보고 있던 딜리스 7이 중얼거리듯 말했다.

"…있었어."

"에? 뭐가?"

"울고 있었어, 저 사람."

랜슬롯보다 높은 경지에 도달해 있는 딜리스 7은 그의 오오라에 담겨 있던 크나큰 절망과 슬픔을 느낄 수 있었지만 단지 그뿐, 아무리 그녀라고 해도 그가 왜 그런 절망을 느끼는 것인가 하는 것까지 알 수는 없었다.

"울고 있었다고? 뭐지? 애인한테 차이기라도 했나?"

"그런 가벼운 절망감은 아니라고 생각하지만……."

어느새 점으로 보일 정도로 멀어진 랜슬롯의 모습에 딜리스 7은 무심히 말했다.

"우리가 상관할 바는 아니겠지."

*   *   *

멀린이 물속에서 낼 수 있는 최고 속도는 시속 450킬로미터에 달하지만 가속의 과정없이 순간적으로 낼 수 있는 속도는 시속 330킬로미터가 한계였다. 물론 이 정도만 해도 어지간한 화살에 맞먹는 속도인데다 그는 최고 속도에서도 360도 전 방위로 방향 전환, 즉시 정지, 즉시 가속은 물론 몸을 감싼 물과 몸 안의 수분을 컨트롤해 어느 정도 관성 제어까지 할 수 있기 때문에 물속에서의 그는 문자 그대로 UFO나 다름없는 존재였다. 초거대 괴수 크라켄조차 그를 못 잡은 건 절대 크라켄이 둔해서가 아닌 것이다.

실제로 멀린이 헤엄쳐 남하하는 동안 바다에 서식하는 수많은 몬스터들이 그를 공격하려 했지만 그 어떤 몬스터도 잡아내지 못했을 정도였으니 더 말할 필요도 없는 수준이 아닌가. 지금의 그라면 예전 그를 고생시켰던 블레이드 피쉬의 순간 속도보다도 더 빠르기 때문에 굳이 횡으로 피할 것도 없이 같은 속도로 물러서며 얼굴을 마주 볼 수 있을 정도였다.

"오, 저기가 망자의 대지구나."

하지만 아무리 멀린이라 해도 그런 속도를 계속 유지할 수 있는 건 아니었다. 특수 능력 부스터(Buster)는 내공으로도, 마력으로도, 심지어 체력으로도 가동이 가능하긴 하지만 멀린의 영력은 그리 풍족한 편이 아니었으니까. 때문에 멀린은 시속 50킬로미터 정도를 유지하며 계속 남하했다. 시속 50킬로의 부스터는 딱 그의 체력 회복 속도와 맞는 수준이라 별도의 삽질만 안 하면 반영구적으로 유지 가능한 속도였다.

"상륙할까, 아니면 그냥 섬을 우회해서 계속 남하?"

망자의 대지는 스타팅의 남쪽에 있는 섬으로, 지름이 100킬로미터에 달하는 규모였다. 아직 디오의 세계에서 배를 타고 이동하는 건 불가능—크라켄 같은 몬스터들이 놔두지 않는다—하기 때문에 지금의 멀린처럼 해변으로 접근한 유저는 아직 없지만 망자의 섬 내부로 이동할 수 있는 게이트가 있기 때문에 혹한의 대지, 적막의 사막, 침묵의 숲과 마찬가지로 유저들이 즐겨 찾는 사냥터 중 하나였다.

크아아앙!

"어, 뭐지?"

멀린이 섬의 안쪽을 구경하고 있을 때 포효 소리와 함께 거대한 덩치의 괴물이 주위에 있는 언데드들을 물어뜯고 후려치는 장면이 눈에 들어왔다. 실로 무시무시한 기세.

"하지만 왜 언데드끼리 싸우고 있는… 아하."

의아해하던 멀린은 뼈로 만들어진 공룡, 즉 본 티라노사우루스(Bone Tyrannosaurus)의 뒤에서 그걸 조종하는 네크로맨서를 발견하고는 고개를 끄덕였다. 뭔가 했더니 사냥 중이었던 것. 게다가 본 티라노사우루스의 옆에는 쌍검을 든 사내가 번개 같은 속도로 검광을 그려내고 있었다. 파티(Party)인 모양이었다.

"내공 떨어졌어! 좀 쉬고 하자!"

"오케이. 나도 좀 힘든 상태였… 어라?"

멀린은 네크로맨서로 보이는 사내가 자신을 발견했다는 걸 깨닫고 해변으로 올라섰다. 잠시 호흡을 고르고 있던 쌍검사도 멀린을 발견하고 황당해했다.

"아니, 이런 곳까지 와서 수영을 하고 있는 거야?"

"하하, 뭐, 좀 쉴 겸."

사실은 망자의 대지에 와서 수영을 하는 게 아닌, 수영으로 망자의 대지까지 온 거지만 멀린은 일일이 설명하기도 귀찮아 그냥 웃어버렸다. 그 두 유저가 해변 근처에서 사냥을 하는 걸 보니 아무래도 섬 내부보다는 해변 쪽이 몬스터가 적어 언제든지 쉴 수 있는 모양이었다.

"돌돌아, 쉬어."

크르르르……

검은색의 로브를 입고 있는 20대 후반 사내의 목소리에 따라 거대한 본 티라노사우루스가 꼬리를 둥그렇게 말고 자리에 누웠다. 덩치가 덩치인만큼 그 동작만 해도 상당히 박력이 넘쳤지만 멀린은 황당하다는 표정을 지었다.

'돌돌이?'

동네 개한테나 붙일 만한 이름이었다. 이름이 그래서 그럴까? 가볍게 숨을 몰아―하지만 폐도, 산소도 필요없는 언데드라는 걸 생각하면 이해가 안 가는 동작이었다―쉬며 머리를 땅에 늘어뜨리는 뼈 공룡의 모습이 꽤 귀여워 보였다.

"어? 그런데 저기 저 녀석, 머리가 반쯤 부서졌는데요?"

"아… 그거, 아까 만난 실혼강시(失魂强屍)한테 대가리가 깨져서 그래. 그나마 우리 신컨(神+Control의 합성어. 플레이를 매우 잘하는 사람이나 그 행위를 뜻함) 오제 형님 아니었으면 도망도 못 쳤을걸. 망자의 대지가 위험한 거야 뼈저리게 알고 있는 사실이지만 최심처도 아닌데 10레벨 몬스터가 돌아다니다니, 이거야 원……."

"하지만 실혼강시가 원래 그렇게 센 건 아냐. 실혼강시라는 게 강시로서 그 성능 자체가 강하다기보다는 생전의 기예를 다 발휘할 수 있다는 점에서 대단한 거니까. 아마 설정상 고수의 시체를 썼다거나 그런 거… 아, 안 되겠다. 나 운기할 테니까 호법 좀."

"알겠수."

그렇게 말한 네크로맨서는 품속에서 어지간한 단검보다도 큰 크기의 이빨을 꺼냈다. 그것도 단순한 이빨이 아니라 표면에 황금색 문자가 어지러이 새겨져 있다.

"셋! 둘! 하나! 계약 이행 660초! 우리에게 적의를 드러내는 모든 적에게 죽음을!"

암흑의 마력을 발동함과 동시에 허공에 던져진 이빨이 다섯 개의 그림자로 분리되어 형태를 취해갔다. 티라노사우루스의 가죽으로 만들어진 두터운 장갑에 해골 병사보다는 용인(龍人)의 이미지를 딴 듯 늘어져 있는 꼬리. 흔히 말하는 용아병(龍牙兵), 즉 스파르토이(Spartoi)라고 불리는 존재였다.

"와! 강해 보이네요."

"신경 써서 만든데다 한정 계약까지 했으니까. 내 목표 중 하나가 언젠가 이런 공룡 어금니 말고 진짜 용의 어금니로 용아병을 만드는 거거든."

용아병들은 추가적인 명령을 받지 않았음에도 그들을 감싸듯 늘어서며 주변을 경계하기 시작했다. 디오의 시스템은 몬스터들이 자기 영역에서만 활동하는 게 아니라 조금 먼 곳에서라도 유저가 빈틈을 보이면 공격해 오기 때문에 이렇게 방비를 하는 것이었다.

"그나저나 저 머리 수리는 어떻게 하죠?"

"셀프 리페어(Self Repair) 주문이 걸려 있으니 저렇게 쉬고 있으면 천천히 회복돼. 저기 날아다니는 뼛조각들 보이지?"

과연 그의 말대로 본 티라노사우루스의 몸속을 채우고 있는 마력의 흐름에 부서진 뼛조각들이 날아다니고 있는 상태였다. 그중 몇 조각은 머리 부분으로 조금씩 붙고 있었다.

"하지만 뼛조각이 모자란 것 같은데요?"

"아, 그 실혼강시 녀석이 검에 내공을 담아서 공격했거든. 그냥 물리적인 타격이라면 상관없지만 영적인 타격을 받아서 뼈 자체의 마력이 흩어져 버리면 원래 자리로 돌아오지를 못… 엥?"

하지만 네크로맨서 사내는 설명하다가 순간 멈칫했다. 이해할 수 없는 사실을 깨달았기 때문. 그는 다시금 멀린을 바라보았다.

"뼛조각이 모자란 건 어떻게 안 거야?"

"머리 부서진 부분의 뼈 부피보다 날아다니는 뼛조각 부피가 모자라니까요."

"그, 그게 봐서 알 수 있는 종류는 아닌 것 같은데."

완전히 마력이 흩어져 복구가 불가능해진 뼛조각을 굳이 양으로 치자면 40그램 정도. 파괴된 부위의 무게가 650그램쯤 된다는 걸 생각하면 그리 많지도 않은 양이었다. 당연한 말이지만 눈으로 봐서, 그것도 뭉쳐 있는 것도 아니고 몸길이 15미터에 달하는 본 티라노사우루스의 몸 안—당연하지만 뼈만으로 이루어진 몸이기 때문에 내장 부분 등은 텅 비어 있다—을 여기저기 날아다니고 있는데 650그램이냐, 610그램이냐 하는 걸 구분한다는 건 불가능했다.

'뭔가 감지 마법 같은 걸 사용하는 건가?'

하지만 마법 장비 같은 건 보이지 않았다. 당연한 것이, 멀린은 수영을 위해 기본 속옷만 입고 있는 상태였던 것이다. 다만 특이한 점이 있다면…….

"그런데 그 구슬하고 알은 뭐야?"

"아, 이 구슬은 일종의 마나 탱크, 그리고 알은 제 펫이요."

"알 상태의 펫이라… 새, 아니면 파충류 쪽?"

"그건 태어나 봐야 알겠네요."

알의 크기는 이제 꽤 커져 농구공만 했다. 멀린이 염체로 매달고 고속으로 수영을 해왔기에 내부 상태가 괜찮을지는 모르지만 안에서 느껴지는 기운은 멀린의 마력을 받아 정상적으로 커지고 있는 상태였다. 아마 이 정도 페이스로 간다면 1주일 이내에 부화할 것이라고 멀린은 예상하고 있었다.

"아, 그럼 너는… 아, 마법사구나?"

"아, 뭐, 아이디대로."

네크로맨서 사내는 그제야 멀린의 오른 손등 위에 박혀 있는 주홍색의 스피넬을 발견하고 고개를 끄덕였다. 멀린이 탐지 주문을 사용하고 있다고 판단한 것이지만 당연히 틀린 생각이었다. 멀린이 뼛가루의 양이 부족한 걸 눈치챈 건 눈짐작이었으니까.

"그러고 보니 소개가 늦었네. 내 이름이야 머리 위에 쓰여 있는 대로 전갈. 27살이고, 네크로맨서야."

"멀린이라고 합니다. 올해 수능 끝마쳤고 마법… 응?"

"어라? 왜 그러… 이런."

적의 기척을 감지한 멀린과 전갈은 표정을 굳히며 정면을 바라보았다. 적의 습격 때문이었는데 그 숫자가 하나뿐이었다.

키르륵.

"어이구, 제기럴. 마족이다."

"하급 마족이네요."

"응, 하급 마족. 신관도 없는데 큰일 났다."

멀린은 하급이니까 약하지 않을까, 하는 마음으로 물어본 것이지만 전갈의 얼굴은 침중했다. 그도 그럴 것이, 마족은 종족 레벨이 5레벨, 즉 최하급 중에서도 가장 약한 마족이 5레벨이고 윗 등급으로 올라갈 때마다 레벨이 3레벨씩 뛰기 때문이었다. 즉, 눈앞에 있는 하급 마족은 아무리 레벨이 낮아봐야 8레벨이고, 재수없으면 9레벨, 혹은 10레벨이라는 말이었다.

"저기 멀린, 나 7레벨인데, 넌 몇 레벨이냐?"

"5레벨이요."

"으아~ 충분히, 충분히 높은 레벨인데 이 상황에선 곤란하네. 형님, 빨리 일어나요."

끄덕.

가부좌를 취한 오제가 고개를 끄덕였다. 물론 일반적인 무림인이 운기행공에 들어간 상태에서 주변 상태를 파악하고 반응한다는 건 불가능에 가까운 일이지만 완전에 가까운 심법을 체계적으로 익힌 유저들의 상황은 좀 달라서 운기행공의 시간이 길어야 10~20분에 불과하다. 그 과정에서 주변 상황을 인식함은 물론, 원한다면 운기행공을 중단하는 것도 가능했다. 물론 운기행공을 중간에 멈추는 건 아무래도 단전에 부담을 주는 행동이기 때문에 잘 하지 않지만 무슨 회복 불가능한 타격을 주는 것도 아니기 때문에 상황이 꼬이면 언제든지 일어날 수 있는 것이었다.

"아니, 잠깐 오제님. 그냥 마저 하세요."

"엑? 지금 무슨 소릴."

"제가 잡을 테니 발목 잡아주세요! 장비 1번! 4번!"

멀린이 장비 지정을 하며 깨달은 사실인데, 장비 지정은 무조건 입고 있는 장비 전체가 변경되는 게 아닌, 유저가 지정한 복장만이 저장되는 것이었다. 물론 처음에는 멀린도 그걸 잘 이해 못해 대충 지정했지만 어느 정도 익숙해진 다음에는 장비 지정을 부위별로 했다. 즉, 장비 1번, 2번, 3번은 마법사 복장, 수영 복장, 그리고 풀 플레이트 메일로, '복장'에 관련한 장비 지정을. 장비 4번, 5번은 미스릴 활과 데케이안의 각궁으로, '무기'에 관한 장비 지정을 한 것이다. 즉, 장비 1번과 4번을 부른 멀린의 복장은 마법사 복장에 미스릴 활을 든 복장이 되는 것이었다.

까앙!

키에엑!

시위에서 벗어난 화살이 번개 같은 속도로 머리를 노리고 날아갔지만 하급 마족은 비정상적으로 거대한 팔을 휘둘러 간단하게 쳐냈다. 당연한 말이지만 화살 정도의 공격에 맞을 정도로 하급 마족은 만만한 존재가 아니었다. 방심하고 있을 때를 노려 저격으로 맞추는 거라면 또 모르지만 이렇게 정면에서 쏘면 100발을 쏘든 1,000발을 쏘든 아무런 소용이 없었다.

"전갈님! 공격하세요!"

"아니, 대체… 에에잇! 돌돌아, 물어!!"

크아앙!

꼬리를 말고 누워 있던 본 티라노사우루스가 거세게 몸을 일으켜 하급 마족에게 돌진했다. 하급 마족의 신장은 약 2.5미터. 덩치로 보면 비교할 수 없을 정도로 차이가 나지만 전투력 쪽이라면 하급 마족이 압도적이었다.

캬악!

하급 마족의 외형은 마치 원숭이 같았다. 그러나 보통 원숭이와는 다르게 시멘트로 만들어진 것 같은 회색 몸체에 건장한 장정이 두 팔로 감싼다 해도 두 손을 맞잡을 수 없을 정도로 거대한 팔을 가지고 있는 모습. 게다가 손의 크기도 엄청나서 주먹을 쥐면 어지간한 냉장고만 한 크기다.

쾅!

그 무지막지한 주먹으로 올려치자 본 티라노사우루스의 턱뼈가 단숨에 박살나며 몸이 허공으로 떠올랐다. 이어 결정타를 날리려는 듯 나머지 한 손이 움직였지만 이미 하급 마족을 포위하고 있던 용아병들의 골검(骨劍)이 휘둘러지고 있었다.

퍼퍽!

귀찮다는 듯 그 거대한 손을 횡으로 휘두르자 두 용아병이 교통사고라도 당한 것처럼 튕겨 나갔다. 거기까지 걸린 시간은 2초. 그야말로 상대도 안 된다!

퍽!

꺄아아아악!!!!

그러나 하급 마족은 비명을 지르며 펄쩍 뛰어 10미터 가까이 뒤로 물러섰다. 상황이 너무 순식간이어서 제대로 파악도 못하고 있던 전갈은 그제야 하급 마족의 왼쪽 눈에 강철 화살, 즉 철시가 박혀 있다는 것을 알았다.

'대체 언제······.'

당연한 말이지만 하급 마족에게 정면에서 쏘아내는 화살은 통하지 않는다. 하지만 이러면 어떨까? 귀찮다는 듯 하급 마족이 용아병을 쳐내는 그 순간, 용아병의 등 뒤로 날아들어 겨드랑이 사이를 통과한 화살이 눈앞으로 날아든다면? 물론 하급 마족의 반사신경은 대단한 수준이지만 화살이 눈앞까지

도착하기 전엔 모습조차 못 볼 정도로 철저히 사각(死角)을 파고들면 피할 수가 없다.

"역시 방어력이 좋아봐야 눈에 박히면 짤 없군."

키에에엑! 캬!

멀린의 비웃음을 느낀 건지 하급 마족은 몸을 낮춘 채 무시무시한 살기를 내뿜었다. 그 살기란 실로 상당한 수준이어서 자체적으로 정신적인 방어벽을 갖추고 있는 유저들마저도 소름이 끼칠 정도였지만 그 방벽 자체를 종잇장처럼 찢고 들어왔던 해룡 지그문트의 살기를 경험해 봤던 멀린은 개의치 않고 다시 활을 겨눴다.

"전갈님! 방해!"

"아, 오케이!"

전갈이 손을 움직이자 공격을 당하지 않아 아직 팔팔한 세 마리의 용아병과 상당한 타격은 입었지만 그럭저럭 몸을 움직일 수 있는 두 마리 용아병, 그리고 본 티라노사우루스가 즉시 하급 마족을 향해 돌진하기 시작했다.

우드득.

하지만 그 순간, 하급 마족의 육체가 변형했다. 이족보행 생명체의 형태를 버리고 네발로 땅을 딛고 원숭이 형태의 머리가 길게 늘어나며 악어의 그것처럼 변한 것이다.

"으악! 무슨 변신 로봇이냐?"

쾅!

멀린이 기겁하거나 말거나 돌진! 조금 전의 왜소했던 하체와 다르게 지금 하급 마족의 다리는 그야말로 달리는 것에 특화된 듯 무지막지한 기세로 움직이기 시작했다.

쾅! 쾅! 쾅! 쾅!

땅, 주위에 있던 바위, 나무… 하여튼 밟을 수 있는 거라곤 뭐든 다 짓밟아 마치 고무공처럼 튀어 다니며 하급 마족이 접근해 왔다.

활을 쏴서 명중시키기는커녕 그 모습을 확인하기도 힘들 정도로 빠른 움직임!

꺄아아아아악!!!!

그러나 하급 마족은 다시 비명을 지르며 뒤로 펄쩍 뛰어 물러났다. 남은 한쪽 눈에 어느새 단창이 박혀 있었다. 철시와 다르게 사이즈가 눈동자보다 약간 커서 쉽게 빠지지도 않았다. 게다가 이 하급 마족은 눈도 두 개밖에 없었기 때문에 그것으로써 시력을 완전히 상실해 버린 것이었다.

"아니, 이게 무슨 소리야! 내가 장님이라니! 내가 장님이라니!"

장난스럽게 웃는 멀린의 모습에 전갈은 기가 막히는 걸 느꼈다. 아니, 마족의 눈이 큰 것도 아니고, 고작 동전 두 개 합친 수준인데 그걸 그 상황에서 맞췄단 말인가. 심지어 마족의 움직임은 직접게 능력자들이라 해도 제대로 반응하기 어려울 정도였다. 눈은커녕 움직임 그 자체를 확인하기 어려웠는데 몸통도 아닌 눈동자를 두 번 연속 맞춘 것이었다. 하지만 전 갈은 이내 정신을 차리고 소리쳤다.

"방심하지 마! 장님이 되긴 했지만 아직 목숨이 위험한 건 아냐! 게다가 다른 감지 능력이 있다면 충분히 전투를 행할 수도 있……."

"아, 괜찮아요. 맨 처음 날린 화살이 격살시였으니까요. 물론 어떻게든 마력을 수습해 컨트롤을 이어가고 있는 것 같긴 하지만 큰 타격을 받으면 그게 안 되거든요."

그렇게 답한 멀린은 마지막 주문의 말을 마저 이었다.

"그러니까 터져라."

쾅!

눈에 박혀 있던 단창이 폭발하며 괴로워하던 하급 마족의 움직임이 멈췄다. 폭발의 데미지가 뇌에 타격을 주면서 먼저 박혔던 격살시의 내공이 본격적으로 몸 안에서 요동치기 시작한 것. 그리고 잠시 후 하급 마족의 모습이 사라지고 그 자리에 검은색 정석 하나만이 떨어져 내렸다.

"헉! 흑석(黑石)……. 축하."

"이거 좋나요?"

별생각없이 한 반문이었는데 반응은 격렬했다.

"당연히! 당연히! 당연히 좋지! 드랍률이 얼마나 거지인데!"

"……."

발끈해 소리치는 그의 모습에 뭔가 한(恨) 비슷한 걸 느낀 멀린이 식은땀을 흘렸다.

'아무래도 아이템이 잘 안 나오는 모양이구나.'

그러고 보면 지금 이 하급 마족의 경험치와 아이템도 모조리 멀린의 차지. 사실 근거리에서의 하급 마족은 상당히 강력해서 전갈의 언데드들이 방해하지 않았다면 이렇게 쉽게 처리할 수 없던 상황이라 자신이 홀랑 다 먹기는 미안한 심정이었다. 게다가 하급 마족에게 얻어맞아 턱뼈가 부서진 본 티라노사우루스는 다시 복구에 들어가야 하는 상황.

'하지만 흑석을 주기는 아깝단 말이야.'

흑석에 담긴 힘은 정석에 별 관심이 없는 멀린이 봐도 상당한 양이었다. 그걸로 할 수 있는 일이란 당장 떠오르는 것만 해도 네다섯 가지가 넘을 정도. 때문에 멀린은 물었다.

"저기, 티라노사우루스의 뼈가 더 있으면 사용할 데가 있나요?"

"티라노사우루스의 뼈? 몇 번?"

"전부요."

멀린의 말에 전갈은 잠시 생각에 잠겼다가 입을 열었다.

"흠. 뭐, 이게 잡을 때마다 똑같은 부위가 나오는 게 아니라서 다 모으긴 어렵지만 있으면 당연히 사용할 곳이 많지. 아예 본 티라노사우루스를 하나 더 만들 수도 있고, 그게 좀 그러면 저 돌돌이의 강도와 마력을 강화하는 데 제물로 쓸 수도 있으니까."

"즉, 있으면 좋겠죠?"

"엥? 당연하지."

수긍하는 그의 모습에 멀린은 고개를 끄덕였다.

"오케이. 그럼 잠시만."

멀린은 로브 속으로—마법사 복장이기 때문에—손을 넣어 인벤토리를 오픈하여 한 장의 카드를 꺼내 허공에 던졌다. 별생각없이 한 행동이었는데 운기를 마치고 일어선 오제가 경악성을 내뱉었다.

"헛! 하우징 카드?!"

그러거나 말거나 허공에 던져진 카드는 빙글빙글 돌더니 이내 그 몸집을 키워 문의 모습으로 변한다. 그 어디에도 지탱할 곳이 없음에도 땅 위에 똑바르게 선 문. 멀린은 그 문을 열고 안으로 들어갔고, 그 모습을 전갈과 오제는 신기하다는 표정으로 바라보았다.

"와! 하우징을 산 사람도 꽤 봤지만 젊은 나이에 하우징을 사용하는 사람은 처음이네. 제일 싼 하우징도 현금으로 100만 원이 넘지 않아?"

"캐쉬 템에 100만 원 넘게 쓰는 사람 정도야 예전부터 많이 있었으니까. 게다가 이 디오는 보통 게임과는 달라. 천만 원, 아니, 1억이고, 10억이고 현질 하는 사람은 분명히 생기겠지. 솔직히 나도 현금을 안 쓰는 건 아직 베타 테스트라서 조심하는 것뿐이니까. 뭐, 현금을 골드로 골드를 현금으로 바꾸는 시스템이 있는 걸 보아하니 아이템을 리셋한다거나 하는 짓을 할 것 같지는 않지만."

거기까지 이야기했을 때 멀린이 다시 문밖으로 나왔다. 하지만 그의 손에는 아무것도 들려 있지 않았다. 아마 하우징에 있던 물건을 인벤토리로 옮긴 것이리라.

"뭘 꺼낸 거야?"

"티라노사우루스의 뼈, 1번부터 12번까지 2세트요."

그렇게 말하며 붉은색의 마법사 로브를 펄럭이자 모래사장 위로 한 무더기의 뼈가 우르르 쏟아졌다. 양이 너무 많아 멀린은 뼈를 쏟아내면서 열 발자국이나 뒤로 물러서야 할 정도였다. 모래사장에 뼈가 쫙 깔렸다.

"설마… 이거, 나 주려고?"

"네. 필요없나요?"

"아니. 필요하긴 하지만 난 줄 게 없는데."

"괜찮아요. 같이 사냥했는데 경험치도, 흑석도 혼자 다 먹는 게 미안해서… 응?"

하지만 멀린은 말을 하다 멈출 수밖에 없었다. 전갈이 눈을 가늘게 뜨고 그를 보고 있었기 때문이다.

"와……."

만약 길을 가는 보통 유저한테 이렇게 아이템을 줬다면 얼씨구나 하고 일단 챙기고 봤을 것이다. 세상에 공짜를 마다하는 사람은 그렇게 많지 않으니까. 하지만 전갈은 현재 7레벨에 도달한 이로서 천재들만 모인다고 하는 베타 테스터 중에서도 높은 수준의, 높은 레벨의 유저였다. 게다가 디오의 시스템상 고레벨의 유저라는 건 단순히 게임을 많이 하는 폐인이 아닌, 현실에서도 상당히 뛰어난 재능과 실력을 가진 인재인 경우가 많았다.

"황당하군. 설마 지금 너 날 거지 취급하는 거냐?"

즉, 프라이드(Pride)가 높은 존재인 것이다.

"에, 아니. 저는 그냥."

"치워. 와, 이 싸가지 좀 보게? 실력도 좋아 보이고 돈도 많은 건 알겠는데, 그걸 너무 티내면서 산다. 내가 연장자로서 충고하는데, 친절한 것도 좋지만 그러면 안 돼, 이 녀석아. 내가 언제 그런 거 달라고……."

빡!

화가 단단히 난 듯 말을 토해내던 전갈의 몸이 휘청거렸다. 전갈의 머리를 때린 사람은 당연히 오제였다.

"아, 미안. 이 녀석이 좀 힘들게 살아서 부자라면 좀 무조건 싫어하는 경향이 있거든. 나쁜 뜻이 있어서 그런 건 아니니까 상처받을 필요는 없어."

"아니, 형님. 그건 또 무슨 소리요? 난 그냥 저 녀석한테 인생의 선배로서……."

"이거 받아라."

잠깐 멍해 있던 멀린은 오제가 던진 물건을 반사적으로 잡았다. 오제가 던진 건 일종의 강철 토시로, 팔목부터 팔꿈치까지 뒤덮는 물건이었는데, 그 모습을 확인하자 대번 전갈이 눈을 부라렸다.

"아니, 형님. 그건 제가 형님 쓰라고 드린 거 아니요?"

"나같이 양손에 칼 든 쌍검사가 저런 걸 어떻게 쓰냐? 손이 쉴 틈이 없는데."

"그래도… 아! 목 좀 조르지 마쇼! 형님하고 내가 근력 차이가 얼마나 나는지 몰라서 이러우? 저 죽어서 마력 깎이면 방심할 때 기습해서 데스 나이트 재료로 써버릴 거요!"

둘이 티격태격하는 모습이 제법 친해 보였다. 외형적인 면에서는 상당한 차이가 나니 형제이거나 한 건 아닌 모양이지만 아무래도 현실에서부터 알고 지낸 사이인 듯했다.

"뭐, 내가 쓰긴 애매해서 가지고는 있었지만 그건 우리가 가지고 있는 아이템 중에선 가장 좋은 물건 중 하나야. 충분한 가격이 되겠지. 너한테도 어울려 보이고."

"에, 하지만 전……."

"알아. 별로 대가를 바라지는 않겠지. 하지만 언제 또 볼지도 모르는 사이인데 그렇게 막 받을 정도로 우리가 염치없지는 못하거든. 게다가 우리가 너보다 형이잖아? 그냥 우리 체면이라 생각하고 받아."

사람 좋게 웃는 오제의 말에 멀린은 고개를 끄덕였다. 확실히 평소라면 쫀쫀(?)한 그의 성격 때문에라도 이런 일이 없었을 텐데 망자의 함과의 전투 후 막대한 아이템을 벌어들여 잠시 아이템을 별거 아닌 것들로 생각했던 것 같았다.

"그럼 감사히 받겠습니다."

"그래. 그럼 전갈, 너도 뼈들 챙겨."

"나참, 이래 버리면 결국 저 녀석한테 얻느냐, 형한테 얻느냐의 차이잖소? 오지랖하고는."

투덜거리는 전갈의 그림자가 길게 늘어나더니 해변에 길게 늘어져 있던 티라노사우루스의 뼈를 한순간에 다 집어삼켰다. 멀린으로서도 처음 보는 광경이었다.

'인벤토리를 능숙하게 여는구나. 어둠 계열 주문을 익혀서 그런가?'

그렇게 생각에 빠져 있는데 오제가 물었다.

"그러고 보니 계속 사냥할 생각이냐? 그럴 거면 파티에 가

입했으면 하는데."

"하하, 아뇨. 사실 전 사냥하러 온 게 아니어서."

"그래? 뭐, 그러면 어쩔 수 없지. 그런데 레벨치고는 꽤 세구나, 너. 레벨 업은 왜 안 하는 거냐?"

"그야 급하게 할 필요가 없으니까요."

태평한 그의 말에 오제는 눈을 동그랗게 떴지만, 무슨 생각을 한 것인지 이내 너털웃음을 짓고는 고개를 끄덕였다.

"뭐, 좋다. 어쨌든 우린 새로운 파티를 찾으러 게이트 쪽으로 가보마. 조금 전 하급 마족 같은 고레벨 몬스터는 흔히 나오지도 않고, 나라면 일대일도 가능하긴 하지만 방금 전처럼 회복 타이밍에 만나면 곤란하니 아무래도 숫자를 늘리는 게 낫겠지."

"네. 저는 다시 수영하러 가보죠."

"수영이라… 너도 참 특이한 플레이를 하는군."

"모험이죠, 모험. 온라인 게임을 한다고 꼭 싸우기만 할 필요는 없으니까요."

그렇게 말하며 멀린은 다시 바닷속으로 걸어들어 가기 시작했다. 물론 바닷속에는 바다 나름대로의 몬스터들이 존재하지만 해양 몬스터는 땅 위의 몬스터보다 숫자가 적은 편이고, 혹여 만난다 해도 멀린은 얼마든지 달아나는 게 가능하기 때문에 딱히 걱정 같은 건 없었다.

"야!"

"아, 네."

난데없는 목소리에 놀라 답하자 전갈이 머리를 살짝 긁적이며 말했다.

"성질내서 미안. 나도 참 나이 먹고서 어른스럽지가 못했다."

"하하, 아뇨. 저야말로 생각이 짧았죠. 득템하세요."

"오냐."

전갈의 대답을 들으며 멀린은 다시 물속에 잠겼다. 체력은 충만했기 때문에 한 5분 정도는 부스터 상태로 움직일 수 있을 것 같았다.

'어차피 게이트로 이동할 수 있는 망자의 대지를 돌아다닐 필요는 없겠지. 다른 유저도 많을 테고.'

그렇게 생각하며 점점 가속하기 시작했다. 일단은 맵에 표시된 최남단이 멀린의 최종 목적지였다.

'섬을 우회해서 남쪽으로!'

중얼거림과 동시에 그의 몸이 바닷속을 가로지르기 시작했다.

*   *   *

다시 눈을 떴을 때는 중세풍의 도시 한가운데에 서 있는 상태였다. 물론 정말 한가운데는 아니고 골목 정도였기에 그가 나타나는 모습을 본 사람은 없었다.

"파니티리스네. 목표는 누구야?"

앞에 있는 것은 은은한 푸른색이 감도는 검은 털에 녹색 눈동자를 가진 러시안 블루(Russian Blue), 즉 고양이였다.

"말하지 마. 파니티리스의 NPC들은 네가 말하는 걸 보면 기겁한다고."

"하긴 그러네. 그럼 텔레파시로 할게."

아크는 능청스럽게 야옹~ 하고 우는 엘리의 모습을 무감동하게 바라보았다. 언제나 그랬듯이 그의 몸은 검은색의 가죽 갑옷으로 빈틈없이 감춰져 있어 밖에서 보이는 것이라고는 콧등까지 올라온 목깃과 모자 사이의 눈동자뿐이었다.

"퀘스트부터 확인해야겠군."

Mission

[1:1전투]

제한시간:02:59:46
특정 인물과의 전투 승리
용병왕 스팅이 피닉스 용병단에 머무르고 있다. 1:1로 싸워 승리를 쟁취하라.
미니맵 가동 / 피닉스 용병단 표시.

"약탈 허용이 없군."

"그러게. 요즘 돈도 없어서 골치인데."

엘리의 텔레파시를 들으며 아크는 골목 밖으로 나왔다. 거리에는 꽤 많은 수의 사람들이 돌아다니고 있었다. 당연하게도 특이한 복장의 아크가 모습을 드러내자 대번에 시선이 집중되었지만 별 신경 쓰지 않고 길을 따라 걷자 이내 신경을 끄고 자기 할 일들을 하기 시작했다. 물론 전신을 가죽 갑옷으로 둘러싼 그의 복장은 여전히 이상한 종류였지만 다들 자기 삶이 있는데 그렇게까지 신경 쓰지는 않는 듯했다. 그냥 흘끔흘끔 보면서 '와, 특이한 옷이다'라고 생각하는 정도였다.

노출을 했거나 남에게 피해를 끼치는 복장도 아닌데 통행 자체에 문제가 될 건 없다. 이건 현대에서도 마찬가지여서 가죽 갑옷으로 전신을 감싼 채 거리로 나가면 물론 신기한 눈으로 보긴 하겠지만 굳이 와서 '왜 이런 옷을 입는 거요?'라고 말을 거는 사람은 많지 않은 것이다.

'북쪽이군.'

아크는 걸어가면서 주변을 가득 메우고 있는 목소리들을 들었다. 하나도 알아들을 수 없는 언어들이었기 때문에 그는 가죽 갑옷 위에 걸친 검은색의 코트의 주머니에서 새끼손가락 반만 한 사이즈의 아이템을 꺼내 들었다. '↳' 형태로 생긴 그 아이템의 이름은 통역기. 아크는 통역기를 오른쪽 귀에 장착했고, 곧 알아들을 수 없던 주변의 언어가 해석되어 들려오기 시작했다.

"여기군."

"응? 웬 녀석이냐?"

아크가 용병단의 입구에 서자 문 옆에서 삐딱하게 기대 있던 용병 중 하나가 앞을 가로막았다. 아무래도 복장 때문에 수상하게 여긴 모양이었지만 사실 수상한 인물이 맞는 아크는 개의치 않았다.

"스팅을 만나러 왔다."

"뭐? 이런 미친놈을 봤나. 여기가 어디라고 용병왕님의 이름을 함부로……."

"나와라, 스팅!! 도전하러 왔다!!!"

거두절미하고 아크가 사자후(獅子吼)를 발하자 껄렁거리던 용병이 잠시 비틀거리다가 견디지 못하고 이내 그 자리에 주저앉아 버렸다. 그것은 석가세존이 악마들을 굴복시키기 위해 외치는 호통이라는 불문(佛門)의 최강의 음공. 딱히 사자후가 전문도 아니고 전력을 다해 펼친 것도 아니지만 그 위력은 정말 놀라워서 용병단이 금세 술렁이기 시작했다.

"뭐, 뭐야, 방금?"

"도전? 도전이라고?"

한 무더기의 용병들이 밖으로 우르르 쏟아져 나오기 시작했다. 평균적으로 2~3레벨에 불과한 수준들이지만 4렙 이상의 용병들도 심심치 않게 보이는 걸 보니 제법 강한 용병단인 모양이었다.

"오호, 날 찾는 손님이라니, 신기하군. 게다가 도전은 한동안 받아본 적이 없는데."

곧 얼굴에 기다란 흉터를 가지고 있는 건장한 사내가 모습을 드러냈다. 등 뒤에 메고 있는 건 두터운 날을 가지고 있는 바스타드 소드(Bastard Sword). 꽤나 간격이 있음에도 아크는 그에게서 잘 단련된 검 같은 기세를 느꼈다. 상당한 실력을 가진 NPC였다.

"내 이름은 아크. 1:1전투를 제안한다."

퀘스트에서는 말과 행동을 신중하게 해야 한다. 만약 그가 입구에서부터 난동을 부리며 침입했다면 1:1전투가 아니라 혼자서 용병단 전체를 상대해야 하는 상황에 처했을 테니까. 지금도 마찬가지여서 스팅을 제대로 엮어(?)내지 못하면 싸움 자체가 성립되지 않거나 최악의 경우 모든 용병들의 합공을 받을 수도 있었다. 어느 필드에 갔더니 바로 앞에 적이 있더라, 하는 전투 방식은 지난주—현실에서 치면 전날—의 패치 이후 다 사라져 버린 것이다.

"이것참, 어이가 없군. 갑자기 나타나서 대뜸 싸우자고? 여기서 싸우면 내가 뭘 얻는데?"

차르륵.

대답을 들을 것도 없이 아크가 한 움큼의 금화를 바닥에 떨어뜨리자 용병들의 시선이 대번에 변했다. 같은 동전이라도 한국과 중국, 혹은 미국의 동전의 가치가 서로 다른 것처럼 똑같은 골드라도 다이내믹 아일랜드의 금화와 파니티리스의 금화는 그 가치가 달랐다. 다이내믹 아일랜드의 금화는 파니티리스의 금화보다 그 가치가 무려 열 배나 높은 물건, 즉 지금 아크는 현금 주머니로 자신이 가지고 있던 2골드를 파니티리스의 20골드로 바꾸어 바닥에 뿌린 것이었다.

"오호, 이거 또 부자 나리였군."

게다가 파니티리스에서 1골드라는 건 소 한 마리에 필적하는 가치를 가지고 있었다. 현실에서 소 한 마리가 대략 300∼400만 원의 가치가 있으니—물론 소의 가치가 조금 다를 수도 있지만—20골드라고 하면 대충 6천∼8천만 원에 달하는 무지막지한 거금이 되어버리는 것이었다.

"그래도 용병왕이 돈으로만 움직이긴 자존심이 상할 테니 내 목숨도 걸지. 더불어 난 이겨도 네 목숨을 굳이 빼앗지 않을 거야. 쓸데없으니까."

조롱하는 것도 아닌, 그저 사실을 말하는 것 같은 아크의

담담한 어투에 난데없는 금화에 당황스러워하던 용병들의 표
정에서 슬금슬금 분노가 끓어오르기 시작했다. 실로 험악한
분위기였지만 아크는 눈썹 하나 까딱하지 않았다.

"이것참, 제멋대로 말하는군. 쉽게 말해 네놈은 어떤 경우
에도 질 거라고 생각 안 하고 있는 건가? 게다가 이렇게 불리
하기만 한 싸움을……."

"왜 이렇게 말이 많지? 혹시……."

여전히 조롱도, 뭣도 없는 무감정한 목소리로 말을 자른 아
크의 입이 열렸다.

"겁나나?"

"하하하!"

스팅은 웃었다. 그리고 이내 무시무시한 살기가 주변을 장
악했다.

"애송이가 오냐오냐하니까 겁대가리를 상실했구나!!"

쩌엉!

거의 날아온다 싶을 정도의 속도로 돌진한 스팅의 내려찍
기를 아크가 왼쪽 손등으로 쳐냈다. 한순간에 가했다곤 믿을
수 없을 정도의 무게와 위력이 실린 공격이었다. 호신기공으
로 몸을 보호하고 그 위에 마법이 걸린 가죽 갑옷을 걸치고
있음에도 충격이 뼛속까지 울릴 정도. 하지만 아크는 조금도
당황하지 않았다. 당연한 일이었다. 이건 7레벨 시험. 당연히

그에 합당한 적이 나올 것이 틀림없을 테니까.

"제법이구나!"

잠시 떨어졌던 스팅이 슬쩍 자세를 바꾸어 양손으로 검을 잡는가 싶더니 횡으로 세 번의 찌르기를 날렸다. 당연한 말이지만 아크는 그 공격을 모조리 쳐냈고, 그 충격파가 사방으로 퍼져 나갔다.

"우와악!"

"피해!"

물론 충격파 자체가 사람을 해할 정도로 강력하진 않았지만 두 괴물의 싸움에 말려들었다간 절대 좋은 꼴을 보지 못할 거라는 걸 깨달은 용병들이 사방으로 흩어져 주변 공간이 넓어졌다.

"미리 말하는데, 나는 마법사이기도 하다."

"흥, 갑자기 그런 말을 왜 하는 거지?"

아크는 여전히 검으로 자신을 겨눈 채 날카롭게 답하는 스팅에게 고저없는 목소리로 말했다.

"진 다음에 마법 때문이라고 징징댈 수도 있으니까."

"네놈……!!"

쩌정! 쩡! 픽!

겁을 먹은 적 다음으로 잡기 쉬운 게 이성을 잃은 적이라는 게 아크의 지론. 분노에 휩싸인 스팅의 검은 한층 더 매서워진 대신 빈틈을 드러냈고 그 틈을 아크의 라이트 훅이 후려갈겼다. 이득은 컸다. 내력이 실린 발경(發勁)이었기 때문에 스팅의 입가에서 피가 새어 나왔다.

"마스터!"

"저 자식이!"

여기저기서 안타까움을 표하는 소리가 들렸지만 아크는 아랑곳하지 않고 다시 자세를 취했다. 이번에는 권투를 하는 것처럼 스텝을 밟는 대신 보폭을 넓게 잡은 태권도의 기수식이었다.

"큭, 이거 아프군. 너 진짜구나."

스팅은 바스타드 소드를 오른쪽으로 늘어뜨리며 쓴웃음을 지었다.

아크는 그의 말에 신경 쓰지 않고 달려들려고 했지만 순간 멈칫했다. 스팅의 바스타드 소드에서 회색의 빛이 흘러나오기 시작했기 때문이다.

'검기?!'

지금만큼은 아크조차 당황할 수밖에 없었다. 왜냐하면 검기는 마스터, 즉 10레벨의 상징이기 때문. 하지만 고민할 틈도 없이 검기를 뿜어내는 검이 아크의 오른발과 충돌했다.

쩌엉!

맞부딪쳤던 스팅과 아크의 몸이 2미터씩 뒤로 밀려났다.

"검기를 견딘다고?"

"말도 안 돼!"

당연히 잘려 나갈 거라고 생각했던 아크의 다리가 무사하자 경악성을 내뱉는 용병들이었지만 아크 역시 나름대로 심각한 상황이었다. 다리 부분의 장갑이 잔뜩 우그러진 것이다.

'진짜 검기다.'

그렇다면 상황은 심각했다. 그는 아직 10레벨의 적을 상대할 만한 무력을 가지고 있지 않았으니까. 하지만 그 순간 그의 머릿속으로 한심하다는 목소리가 울렸다.

"멍청아, 잘 좀 생각해 봐. 저 녀석은 분명 마스터지만 레벨은 7일 뿐이라고. 설마 7레벨 시험에 10레벨 적이 나올 거라고 생각하는 거야?"

어딘가에 몸을 숨기고 있을 거라고 예상되는 엘리의 텔레파시에 아크는 냉정을 되찾았다. 맞는 말이다. 7레벨 시험에 10레벨의 적이 나올 리 없다. 게다가 그의 다리를 때린 건 분명 검기였지만 다리는 비교적 멀쩡했다.

'그렇군. 저 녀석의 경지는 분명 마스터. 하지만 전체적인 능력치가 너무 떨어져.'

물론 경지 역시 중요한 문제지만 그게 전부는 아니었다. 오우거가 마나를 전혀 다루지 못하고 원시적인 전투만 하는데도 8레벨인 것처럼 경지는 전투력을 결정하는 요소의 하나일 뿐인 것이다.

　스팅의 경지는 분명 그보다 높지만 근력과 체력은 아무리 잘 봐줘도 70포인트 미만이고 내공은 고작 10~20년, 정말 후하게 쳐줘도 반 갑자(30년)가 한계인 것이다. 경지는 모자라더라도 육체적인 '성능'에서 상대가 안 되는 상황. 게다가 단순한 실전 경험으로 마스터의 경지에 오른 스팅과 다르게 아크는 '완전의 무학'을 체계적으로 수련해 왔다.

　"지금 나, 홀로 일어선 자의 이름으로 명하노라……."

　"웃기는군! 코앞에서 주문을 외우다니!"

　스팅이 분노하며 덤벼들었지만 손바닥으로 검면을 쳐내며 턱을 올려 찼다. 물론 검기, 즉 마나의 유형화를 성공시킬 수 있다는 점에서 스팅은 아크보다 더 나은 마나 제어 능력을 증명했지만 그렇다고 그가 아크보다 더 높은 무의 경지에 도달했다는 보장은 어디에도 없었다. 아크는 현대를 살아가는 일반인 중 한 명이지만 그 또한 평생 무술을 끼고 살았으니까.

　퍽!

　주문을 외운다는 생각에 무리하게 덤벼들었던 스팅이 턱에 올려 차기를 얻어맞고 비틀거렸다. 물론 스팅 역시 추가타를 대비해 삼검(三劍)을 휘두르며 물러났지만 아크는 굳이 쫓지 않았다. 단지 영창을 이어나갈 따름이었다.

　"불꽃은 분노로, 폭풍은 절망으로."

"말도 안 돼! 싸우면서 주문을 외운다고?"

믿을 수 없다는 듯 스팅이 신음했지만 아크는 여전히 두 다리의 보폭을 넓게 밟아 단단히 몸을 고정한 채 주문을 이어나가고 있었다. 명백히 수비적인, 그러나 섣불리 들어갔다간 머리가 부서진다는 위기감이 느껴질 정도로 반격을 염두에 둔 자세였다.

스팅으로서는 평소 이런 자세의 적이라면 도망을 가거나 시간을 두고 틈을 노렸겠지만 지금은 울며 겨자 먹기로 움직일 수밖에 없었다. 설마 지금 그가 스팅에게 호의적인 주문을 외울 리 만무하지 않은가.

"용병왕님! 그냥 주문을 외우는 척이나 하고 있는 것일 수도 있으니 조금 더 두고 보시면서……."

"야, 이 멍청아! 내가 소드 마스터라는 호칭을 거저 딴 줄 알아? 저건 진짜라고!"

스팅이 소리치면서도 벼락같이 아크의 목을 노리고 검을 휘둘렀지만 처음부터 기다리고 있던 아크는 완벽하게 가드하고 재차 돌려차기를 날렸다. 물론 스팅 역시 호락호락한 상대는 아니었기에 피해냈지만 방어를 굳힌 아크를 상대로 전투는 점점 길어지기만 했다.

쩍!

'칫, 갑옷이……!'

검을 막아냈던 갑옷이 점점 금이 가고 찢어지기 시작했다는 사실을 깨달은 아크는 이를 악물며 영창에 박차를 가했다. 당연한 일이지만 그 자체만으로도 상당한 마법에 호신기공의 절정이라는 무상금강공(無相金剛功)의 보조를 받는다 해도 동등한 수준의 경지를 이루지 못한 이상 검기를 상대로 무작정 버티기를 이어나가는 건 불가능했다. 아니, 오히려 이 경우에는 검기에 잘리지 않고 버티는 게 비정상적인 상황.

실제로 스팅은 악몽을 꾸는 듯한 기분이었다. 아무리 검기를 발해도 아크의 갑주가 잘리지 않았기 때문이다.

"제길! 정말 튼튼하군!"

쩌엉!

또다시 검을 튕겨낸 후 찌르듯 들어오는 옆차기를 팔꿈치로 막아낸 스팅이었지만 거기에 실린 막대한 내력에 절로 인상을 찡그렸다. 경지는 그가 높지만 가진바 힘과 내공의 수준은 상대가 되지 않았다. 게다가 스팅은 이제 보일 패가 없는데 주문을 발동조차 안 한 아크가 점점 우세를 점하기 시작한 것이다.

"아, 잠깐. 우리 서로 말……."

키잉.

하지만 그가 화해를 논하기 전에 아크의 주문이 완성되

었다.

"플레임 버스터(Flame Buster), 파트 투(Part Two)."

딸깍, 하는 느낌과 함께 마력이 달린다. 그것으로 격발(擊發). 준비된 술식이 기동하고 마력이 정해진 법칙에 따라 재배열되어 이내 폭발을 일으켰다.

"리볼버(Revolver)."

팡!

한순간, 문자 그대로 눈 깜빡할 사이에 여섯 번의 주먹질이 스팅의 몸을 두드렸다. 그 공격이 어찌나 빠른지 여섯 번의 폭음이 한 번으로 들릴 정도. 주먹질을 여섯 번이나 했지만 걸린 시간은 0.05초에 불과했다. 이것이 바로 플레임 버스터 리볼버. 매그넘처럼 응축된 마력을 주먹으로 방출하는 방식이 아니라 육체 자체를 강화하고 더불어 팔꿈치와 팔목에 생긴 마법진으로 주먹 자체에 추진력을 부여함으로써 한순간이지만 두 주먹에 막대한 위력과 스피드를 부여하는 기술이었다.

그 과정은 너무나 삽시간에 지나가 주위를 지켜보고 있는 용병들의 눈에는 그냥 스팅의 몸이 세차게 흔들린 후 쓰러지는 것으로밖에 보이지 않을 정도였다. 다만 아크의 양팔 주위를 맴도는 수증기로 보아 그가 뭔가를 했다고 짐작할 뿐인 것이다.

털썩.

스팅이 비명조차 지르지 못하고 쓰러지자 아크는 뒤로 살짝 물러나 몸을 풀었다. 주위에는 거의 기백에 가까운 용병들이 있었지만 그 누구도 함부로 덤벼들지 못했다.

"이것들도 다 잡아야 하나?"

만약 처음부터 스팅과 함께 덤볐다면 아무리 그래도 죽을 수밖에 없었겠지만 스팅이 쓰러진 이상 남은 용병들은 어지간한 오크 부락 정도의 전투력밖에 남지 않았다. 물론 숫자가 숫자인만큼 정면 대결은 어렵지만 도망가며 각개격파하면 다만 시간이 문제일 뿐, 충분히 처리할 수 있는 숫자였다. 그러나 그런 그의 귓가로 텔레파시가 들려왔다.

"그럴 필요는 없을 것 같네."

과연 그 말대로 텍스트가 떠오르고,

클리어!

아크의 모습이 순식간에 사라져 버렸다.

"뭐, 뭐야? 없어졌어?"

평소 문자 그대로 괴물로 보이던 스팅을 쓰러뜨린 적의 존재에 긴장하고 있던 용병들은 아크가 사라진 자리를 바라보며 멍청한 표정을 지었다. 퀘스트 완료 시의 공간 이동은 마치 환전소에서 파는 게이트 링(Gate Ring)의 귀환[Recall]처럼 한순간에 이루어지기 때문에 로그아웃처럼 중간에 방해한다 거나 하는 게 거의 불가능하다.

"마스터는?"

"무사해. 기절만 했을 뿐이야."

"하지만 정말 이기기만 하고 바로 가버리다니, 이게 대체 무슨 일이야? 우리가 기사처럼 명예에 목숨 거는 것도 아닌데 겨우 이거 하려고 덤볐다고?"

"심지어 땅에 던졌던 금화도 가져간 것 같아. 철두철미하다."

이 황당한 사태가 뭘 의미하는지 몰라 수군거리면서도 쓰러진 스팅을 수습하는 용병들. 그리고 그때였다.

철컹… 철컹……

"뭐, 뭐야?"

마치 강철로 만든 거대한 톱니바퀴가 돌아가는 것 같은 소리가 주변 공간을 가득 메웠다. 특정 위치에서 울려 퍼지는 소리가 아니었다. 하늘에서부터 들려오고 있었던 것이다.

철컹.

쇳소리와 함께 멀리 보이던 산 하나가 사라졌다.

철컹.

또 한 번의 쇳소리와 함께 마을 하나가 먼지로 변해 바닥도 보이지 않는 어둠 속으로 떨어져 나갔다.

철컹.

저 먼 지평선에서부터… 세계가 침몰(沈沒)하기 시작했다.

"뭐, 뭐야? 무슨 일이 벌어지고 있는… 어? 잠깐. 마을 사람들이 좀 이상한데?"

피닉스 용병단은 대규모 전투를 전문으로 발전해 왔기 때문에 그들이 머무는 건물 역시 상대적으로 높은 지대를 차지하고 있었다. 다른 곳에서는 용병단 안을 들여다볼 수 없지만 용병단에서는 마을을 내려다볼 수 있는 위치.

그렇게 보이는 마을 사람들은 하나같이 움직임을 멈추고 하늘만 바라보고 있었다. 놀라거나 한 게 아니었다. 마치 배터리가 빠진 기계처럼 움직임을 멈춘 것이었다.

키잉.

그리고 웅성거리던 용병단원들 역시 같은 상태로 변해갔다. 원래대로라면 지형과 기타 프로그램들이 삭제(Delete)되기 전에 생명체들의 움직임을 정지시키는 게 먼저였지만 이 세계의 존재 목적, 즉 플레이어에게 마지막으로 접촉한 프로그램들이었기 때문에 그 순서가 마지막으로 밀렸던 것이다.

철컹.

마지막 쇳소리. 그리고 그렇게 세상은 어둠으로 변해갔다.

*　　　*　　　*

좌아아악!!

바다가 미친 듯이 요동쳤다. 여기저기 소용돌이가 일어나고 제각기 다른 방향으로 움직이던 파도가 서로 충돌해 물보라를 일으켰다.

펑!

물보라와 함께 멀린의 몸이 새총에서 발사된 돌멩이처럼 물 위로 날아 나왔다. 그렇다. 단순히 뛰었다기보다는 날아올랐다는 느낌이었다. 그것은 수영 스킬이 가지고 있는 특수 능력 점핑(Jumping). 멀린은 30미터 가깝게 공중으로 솟구쳐 신음했다.

"와! 뭐야, 여기?"

미친 듯 요동치는 바다를 바라보며 혀를 내둘렀다. 어이없게도 지금 그의 발밑에 있는 바다의 해류는 시속 20킬로미터를 넘길 정도로, 아니, 어쩌면 30킬로미터에 가까울지도 모를 정도의 속도로 움직이고 있었다. 인공적인 풀장을 만들어서 모터로 물을 쏘아내도 힘들 정도의 환경이 이 넓은 바다에 재현되어 있는 것이었다.

퐁.

당연한 말이지만 사람이 허공에 계속 떠 있을 수는 없는 일이었기에 다시 물에 떨어져 파도에 휩쓸렸다. 물론 주변의 물을 제어할 수 있는 그는 금세 해류를 따라 움직이기 시작했지만 그래도 부담이 전혀 없는 건 아니어서 물 친화 능력이 없었다면 버틸 수 없었을지 모른다는 생각이 들었다. 말이 좋아 시속 20킬로미터지, 이 정도 속도의 해류라면 사람이 아니라 돌고래라도 빠져 죽고 말 것이다.

'폭은 대략 10킬로미터에 길이는… 가늠이 안 될 정도군.'

멀린은 공중에서 보았던 바다의 모습을 떠올리고는 생각에 잠겼다. 강화안으로 바라본 바다는 굳이 대단한 눈썰미가 아니어도 눈치챌 수 있을 정도로 이질적이었다. 당장 그의 뒤로 100미터만 가도 거짓말처럼 잠잠한데 지금 이곳은 해류가 시속 20킬로미터가 넘는 속도로 움직이고 있을 정도였으니까. 게다가 10킬로미터 너머의 바다는 다시 잠잠해 보이지 않는가.

게다가 해류가 격렬한 건 어느 한 지점이 아니라 좌우로 길게 늘어져 있어 마치 바다 위에 기다란 끈이 놓인 것 같았다.

'일종의 벽인가?'

해류의 방향도 그런 멀린의 생각을 뒷받침해 주고 있었다. 해류를 잡아 타 움직이고 있는 멀린의 몸이 조금도 앞으로 나아가고 있지 못하고 있는 상태. 해류가 멀린이 나아가는 걸 방해하고 있는 것이었다.

"아차, 밀려 나왔네."

딴생각을 하며 물살을 타다 바다가 비교적 잠잠해졌다는 걸 깨달은 멀린이 물 밖으로 고개를 내밀었다. 당연한 말이지만 그렇게나 요란하던 바다가 갑자기 잠잠해질 리는 없다. 그의 몸이 그 격렬한 해류 밖으로 나온 것이었다.

멀린은 오랜만에 맵을 열어 자신의 위치를 확인했다.

"노이지 벨트(Noisy Belt)?"

망자의 대지에서부터도 250킬로미터 이상 남쪽에 위치해 있는 이름이었다. 지도에 두껍게 선이 하나 그어져 있어 언뜻 뭔가의 경계처럼 보이는데, 이제 보니 지금 이 구간 자체가 이 노이지 벨트라는 이름을 가지고 있는 모양이었다.

"하지만 저걸 어찌 지나간다……."

물론 멀린이 작정하고 마력과 내공을 소모해 부스터를 사용한다면 해류가 아무리 거칠어도 충분히 가로지를 수 있었다. 그의 물 친화 능력은 주변의 물을 제어하는 힘이기 때문에 해류가 시속 20킬로미터가 아니라 100킬로미터를 넘는다 해도 충분히 가로지르며 나아갈 수 있을 테니까.

"하지만 저 너머가 평온한 곳이라곤 아무도 장담 못한단 말이지. 최악의 경우 고렙 존—높은 레벨의 몬스터들이 상주하고 있는 지역—일 수도 있으니 조심해야 해."

노이지 벨트의 폭은 무려 10킬로미터나 되었다. 부스터로 그만한 거리를 가로질렀다간 체력에, 내공에, 마력까지 모조리 소모되고 말 텐데 그런 뒤에 수중 몬스터라도 만나면 그야말로 죽은 목숨. 아무리 멀린이라도 단순 수영으로 수중 몬스터를 떨쳐 내는 건 불가능한 일이었다.

"차라리 여기저기 난잡하게 엉키는 식이면 그 틈을 노리면 될 텐데, 이렇게 무작정 뒤로 빠지기만 하는 물살은… 응? 빠지기만 하는 물살?"

펑!

물보라와 함께 멀린의 몸이 다시 하늘로 날아올랐다. 그리고 투시안과 영명안을 사용해 바다를 한 번 훑어보며 정보를 수집했다. 그리고 깨달았다.

"진짜 물살이 전부 뒤로만 빠지고 있잖아?"

물론 그런 게 가능할 리가 없다. 한쪽에서 없던 물이 나타나 모터 같은 걸로 발사되고 한쪽에서 소멸되는 것도 아닌 이상 존재할 수 없는 해류니까. 물론 디오는 게임인만큼 물리법칙에서 자유로울 수 있을지도 모르지만 그의 경험에 따르면, 디오의 세계는 최대한 그 법칙을 존중하는 편이었다.

"나오는 곳이 있다면 들어가는 곳도 있겠지?"

멀린은 씩 웃으며 잠수했다. 수면 위는 비교적 잠잠한 보통 바다였지만 조금 잠수해 들어가자 몸이 급격하게 가라앉기 시작했다. 아니, 가라앉는다고 하기보단 끌려들어 간다는 표현이 맞을 것이다. 왜냐하면 해류가 아래로 흐르고 있었으니까!

'역시!'

만약 다른 유저들이었다면 갑작스레 몸을 끌어당기는 해류에 저항하다 시속 20킬로미터가 넘는 물살에 휩쓸렸겠지만 멀린은 오히려 물을 박차 가속했다. 속도는 상당해서 물속에 가라앉는다기보다는 낭떠러지에서 추락하는 것처럼 순식간에 심해로 진입했다.

콰콰콰!

엄청난 물살이었다. 게다가 그리 반듯하게 흐르는 것도 아니어서 단단한 참나무를 베어 집어넣어도 박살이 날 정도로 사나웠다.

'깊이는 얼마나 되는 거지?'

아주 잠깐의 시간 동안 300미터 이상 가라앉았지만 속도가 줄어들 생각을 하지 않는 걸 느끼며 주변을 둘러보았다. 당연하지만 주변에 다른 생명체나 몬스터는 일체 없었다. 몬스터든 뭐든 생존할 수 없는 환경이기 때문이었다.

'아… 바닥이다. 깊이는 대충 800미터 정도인가?'

하지만 일반적인 모래나 돌 등으로 이루어진 바닥이 아닌, 마치 강철처럼 튼튼해 보이는 재질 불명의 물체로 이루어진 바닥이었다. 은은한 검은 광택에 맨들맨들해 보이는 바닥은 대포를 쏴도 흠집 하나 안 날 것 같았다.

'하긴 물살이 이렇게 강한데 보통 땅이면 죄다 깎여 나갔겠지.'

콰르르!!

그렇게 생각하는 순간, 해류의 방향이 급변했다. 아래를 향하던 바닷물이 바닥을 긁고 지나가듯 급격하게 방향을 틀어버린 것이었다. 멀린이야 물의 흐름을 타고 부드럽게 이동할 수 있었지만 다른 사람이었다면, 아니, 사람이 아니라 물고기 같은 것이라 해도 급작스러운 해류의 변화를 따라가지 못하고 저 바닥에 충돌하고 말았을 것이다.

'와! 진짜 물고기도 빠져 죽겠다.'

노이지 벨트의 중앙, 그러니까 외각의 바다에서부터 5킬로미터 떨어진 지점까지 도달하는 데에는 그리 긴 시간이 필요치 않았다. 물살의 흐름은 또다시 바뀌어 어느새 멀린은 위로 솟구치고 있었다.

'역시 해류가 원을 그리며 돌고 있었군.'

노이지 벨트의 중심부에서 솟구쳐 오른 해류가 수면에서 둘로 갈라져 밖으로 물길을 밀어내고 있던 것이었다. 반대로 말하자면, 심해에서는 노이지 벨트로 물길을 끌어당기고 있는 상태. 멀린처럼 잠수를 하거나 하늘을 날아가지 않는 이상은 넘어가기 힘든 경계선인 것이다.

"푸하! 그리고 보니 다른 사람들은 차라리 하늘을 날아서 넘어가는 게 더 편… 우왁?!"

바다 위로 내밀어졌던 멀린의 머리를 거대한 부리가 할퀴고 지나갔다. 마치 익룡처럼 생긴 괴물이었는데, 재질을 알 수 없는 금속으로 만들어져 있었다.

펑!

멀린이 바닷속으로 들어가니 하늘을 날아다니던 괴물이 불을 뿜어냈다. 상당량의 바닷물이 단번에 증발해 수증기로 바뀔 정도로 엄청난 열기였다.

'골렘?!'

영명안으로 그 정체를 알아본 멀린은 주변을 살폈다. 자세히 살펴보니 노이지 벨트의 중앙 부분에 운동장 두 개 정도를 더한 크기의 섬이 있는데, 거기에 멀린을 공격한 익룡 모습의 골렘(Golem:마법, 연금술, 인형 제조 기법 등에 의해 만들어진 인형 또는 로봇)들이 빼곡히 앉아 있었다.

'하늘을 지키고 있는 건가?'

멀린은 그렇게 생각하며 잠수를 유지하며 해류를 따라 노이지 벨트를 빠져나왔다. 반대쪽 해류 역시 노이지 벨트의 바깥쪽으로 흐르고 있었기 때문에 진입은 어려워도 빠져나오는 건 너무나 간단한 일이었다. 골렘들 역시 노이지 벨트를 넘어가는 존재를 막는 게 목적인 듯 나가는 멀린을 가로

막진 않았다.

촤륵.

쏘아진 어뢰처럼 물보라를 일으키던 멀린의 속도가 줄어들며 기척이 사그라졌다. 멀린이 더 이상 부스터를 사용하지 않고 해류의 흐름에 녹아들었기 때문이다.

'저 노이지 벨트… 나야 특성이 맞아 잘 지나왔지만 보통은 넘기 힘들겠지?'

그리고 그런 벽이 그냥 있을 리 없었다. 노이지 벨트가 존재하는 이유는 아마도 그 너머에 있는 뭔가에 유저들이 접근하는 것을 막기 위해서일 것이다.

'최악의 경우, 초고렙 몬스터들이 득실거리는 곳일 수도 있어.'

물론 물속에서는 어느 누구에게도 따라잡히지 않을 자신이 있는 멀린이었지만 고속 공격이 가능한 고위 몬스터를 만나면 아무리 빠르다 해도 목숨이 위험하다.

당장 그가 만났던 오크 영웅, 성묵만 해도 멀린이 피해낼 수 없는 검기를 날릴 수 있고, 리치 하인켈은 그가 미처 감지하기도 전에 저주를 걸었다.

'아니, 그 녀석들은 문제가 아니지. 여기는 생판 바다니까 가장 골치 아픈 적은……'

그러자 자연스럽게 해룡의 신전에서 만났던 건장한 체구

의 청년이 떠올랐다. 그리스의 조각상처럼 각진 상체에 약간
은 푸른빛을 띠는 피부를 가지고 있는 그는 허리 아래에 물고
기의 하체를 가지고 있었다. 그것은 흔히 말하는 인어, 즉 머
메이드(Mermaid)로, 수중에서 생활하는 몬스터다.

촤륵.

그렇게 생각에 빠져 있는데 그의 앞으로 흰자위도, 검은자
위도 없이 그냥 하얗기만 한 눈동자와 붉은색의 머리칼을 가
진 청년이 모습을 드러냈다. 상의를 입고 있지 않은 그들의
오른손에는 파란색 금속으로 만든 삼지창이 들려 있었는데,
그 하체는 당연하다는 듯 물고기의 그것이었다. 멀린은 손뼉
을 쳤다.

'아, 그래. 저 녀석들! 저 녀석이 여기서 가장 만나기 싫은
고레벨 몬스터… 어?'

순간 아무런 대처를 못한 건 순전히 멀린의 실책이었다. 그
는 꽤 예민한 신경의 소유자였지만 그의 앞으로 다가선 머메
이드 역시 약간의 물 친화 능력을 가지고 있었기에 일체의 기
척이 없었고, 어쩐 일인지 살기 역시 없었다. 그리고 순간 생
각했던 일이 그대로 벌어져 버린 상황에 대한 당황으로 인한
약간의 공백. 그 잠깐의 공백 동안 어느새 그의 주위에는 다
섯 정도의 머메이드가 다가와 있었다.

'망했다.'

바짝 긴장해 주위를 살펴보았다. 한순간에 당할 수도 있다는 생각에 움직이지도 못하고 다만 물 친화 능력만 전력으로 가동시켰다. 상대가 틈만 보이면 부스터로 빠져나가기 위함이었는데, 머메이드들의 반응은 뜻밖이었다.

[뭐냐, 이놈. 꼬리가 없는데?]

[인간 아냐? 꼬리 없고 다리 두 개 달린 게 인간이라고 들었는데.]

[하지만 인간은 뭍에서 사는 동물이라고 들었는데?]

수군거리는 그들의 모습은 적어도 멀린에겐 생소한 것이었다. 기본적으로 디오에 존재하는 대부분의 몬스터는 유저의 존재를 인식하기 무섭게 전투태세에 들어가며 사거리 안에 들어오면 무조건 공격하는 걸 미덕(?)으로 여기기 때문이었다. 방어를 염두에 둬 타이밍을 재거나 기습하기 위해 모습을 숨기는 정도는 있지만 이런 식으로 자기들끼리 이야기를 나누는 경우는 결단코 없었다.

'뭐야? 분명 아이디가 검은색인데?'

디오 속에 사는 존재들은 이제 막 게임을 시작한 초보를 제외하곤 단 하나의 예외도 없이 아이디를 머리 위에 띄우고 있으며 그 아이디는 각각 흰색, 노란색, 검은색으로, 유저, NPC, 몬스터로 구분된다. 즉, 지금 그의 앞에 있는 머메이드들은 몬스터라는 뜻이었다.

[저기, 이봐? 뭔가 말을 해봐.]

[야, 이 멍청아. 인간들은 정신 감응을 못해서 물속에서는 의사 전달을 못하잖아.]

[그럼 수면까지 데려가야 하나? 하지만 이 깊이까지 잠수하는 인간이라면 정신 감응도 할 수 있을 것 같은데.]

숙덕숙덕거리는 머메이드들 사이에서 멀린은 마력을 움직였다. 다행히 가지고 있던 마법서에서 정신 계열 주문에 관한 부분을 언뜻 읽어본 기억이 났다.

"저기… 들리나요?"

[어라, 말했다?]

[거봐. 하잖아!]

그럴 줄 알았다는 듯 으스대는 머메이드와 어이없어하는 머메이드의 모습은 꽤 희극적이어서 아무래도 적의는 없어 보였다.

"그나저나 무슨 일이죠?"

[그건 우리가 물어야지. 넌 무슨 일로 여기까지 올라온 거냐? 우리한테 발견되었으니 망정이니 다른 괴물이라도 만난다면 목숨이 위험한 곳인데.]

그렇게 말하며 살짝 주변을 살폈다. 주변에 몬스터는 보이지 않았다. 이 주변은 머메이드들의 영역이기 때문에 몬스터가 그리 많지 않은 지역이었지만 간혹 남의 구역 같은 건 신경도 안 쓰는, 혹은 처음부터 머메이드를 사냥하기 위해 침입하는 몬스터들도 간혹 있기 때문에 어느 정도의 긴장은 유지하는 편이 좋았다.

"흠, 일단은 여행길이라고 할 수 있겠네요. 계속 남하하는 중이죠."

[남하하는 중? 여기가 최북단인데?]

의아해하는 머메이드의 모습에 멀린은 그들이 노이지 벨트를 넘어본 적이 없는 것은 물론, 그 위쪽으로 어떤 세상이 있는지도 전혀 모른다는 걸 눈치챘다. 아무래도 노이지 벨트는 이 두 세계를 가로막고 있는 일종의 벽인 모양이었다.

"거참, 이걸 설명하기도 애매하고… 혹시 근처에 유저들을 위한 도시 같은 건 없나요?"

[유저라니? 유저가 뭔데?]

전혀 모른다는 표정. 그제야 멀린은 깨달았다.

'이 녀석들, 자기들이 프로그램이라는 걸 모른다.'

디오의 세계에 살고 있는 NPC, 그리고 몬스터들은 대부분 자신들이 살고 있는 세계가 가상의 세계라는 걸 알고 있다. 자신들이 거짓된 존재이고 자신들의 세계가 가짜라는 걸 알고 있으면서도 자신의 위치와 역할을 충실히 수행하며 살아가고 있는 것.

최소한 지금까지 멀린이 만난 NPC 중 자신이 살고 있는 세상이 프로그램이라는 걸 모르는 존재는 레벨 업 시험 때 만나는 임시 서버의 NPC들뿐인데, 지금 그의 앞에 있는 머메이드들은 본 서버에 있으면서도 자신들이 실존한다고 믿고 있는 것이었다.

"흠, 그럼 여기서 뭍까지는 얼마나 걸리죠?"

[가까운 섬이라면 이틀 정도 헤엄쳐 내려가다 보면 나오지만 대륙이라면… 멀지.]

"얼마나요?"

[무지무지. 아주 그냥 무지무지무지.]

"……"

전혀 짐작이 안 가는 머메이드의 설명에 고민하다가 눈이 피로한 척 왼손으로 두 눈을 가려 맵을 열었다. 물론 노이지 벨트에 들어서기 전에 맵을 열었을 때에는 노이지 벨트가 지도 끝으로 표시되고 있었지만 그걸 넘어선 이상 뭔가 변화가 있을 거라는 생각이 들었던 것이다.

'어? 맵이 직사각형으로 바뀌었잖아?'

맵을 연 멀린은 변형된 맵의 모습에 놀랐다. 원래는 정사각형이었던 맵이 아래쪽으로 길어져 있었기 때문이다. 그것도 약간이 아니라 세 배에 가깝게 길어져 있는 상태.

디오의 시스템에는 맵의 어두운 부분이라는 게 없기 때문에 멀린은 노이지 벨트의 아래쪽에 커다란 여섯 개의 섬과 육지의 모습을 볼 수 있었다. 그리고 지도에 나타난 축적을 계산해 그 거리를 가늠해 나온 결과는…….

'800킬로미터?!'

너무 어이가 없어 입을 쩍 벌렸다가 입속으로 들어온 소금물을 물 친화로 밀어냈다. 하지만 서울에서 부산까지의 직선 거리가 314킬로미터인데 800킬로미터라니. 그 정도면 서해 바다도 가볍게 건널 수 있을 정도가 아닌가. 보통의 3D 게임도 이런 무지막지한 규모의 맵을 구현하지는 않을 텐데 가상 현실에서 이러다니 어이가 없을 정도다.

[눈 가리고 뭐 하는 거야?]

"하하, 그냥 눈이 좀 아파서… 그나저나 어쩌실 생각이죠? 절 잡아가실 건가요?"

[아니, 딱히 그럴 필요는 없는데. 뭐, 우리 영역을 침범할 생각이라면 또 모르겠지만 그런 기색도 없는 것 같고.]

"다행이네요."

전투보다는 여행이나 모험을 더 즐기는 멀린으로서는 꽤 반가운 태도였다. 그저 시야에 들어오기만 하면 닥치고 돌진하는 몬스터들은 아무리 물속에서 UFO에 가까운 움직임을 취할 수 있는 멀린이라 해도 피곤한 존재들이었으니까.

[그나저나 어디 갈 데라도 있는 거냐?]

"특별히 목표하는 곳은 없어요. 들어가면 안 되는 곳이라도 있나요?"

멀린의 말에 머메이드는 잠시 생각에 잠겼지만 이내 숨길 것도 없겠다는 표정으로 말했다.

[여기서 남서쪽으로 가면 우리 도시가 나와. 물론 우리들은 예의를 아는 종족이니 근처만 가도 공격당하거나 하지는 않겠지만 허락을 받지 않고 침입하려 하면 위험하겠지. 요새 습격이 많아서 꽤나 예민하거든.]

"다른 곳은?"

[다른 곳은 비슷하게 위험하지만……. 아 그래. 여기서 쭉 남쪽으로 가다 보면 나오는 원뿔섬에는 가급적 접근하지 마라. 요괴들 천지니까.]

그의 말을 들으면서 멀린은 지도에서 봤던 섬들의 위치를 체크했다. 머나먼 곳에 있는 대륙 말고도 중간 중간 꽤나 많은 섬들이 있다. 개중에는 규모가 상당해서 망자의 대지보다도 커다래 보이는 곳도 여럿 있었다.

"흠… 고마워요. 제가 갑자기 나타나서 놀랐을 텐데."

[아니 별로. 나야말로 인간이라는 걸 봐서 재미있었다.]

슈륵.

발을 움직여 물을 차자 몸이 매끄럽게 떠올랐다. 사실 그건 인간이 수영으로 보일 수 있는 움직임이 아니었지만 어차피 물고기 수준의 헤엄이 가능한 머메이드들은 별 이상함을 느끼지 않고 손을 흔들었다.

[잘 가. 괴물들 조심하고.]

"수고하세요."

그래도 몬스터들인지라 내심 방비를 하며 거리를 벌렸지만 머메이드들은 재미있는 구경을 했다는 듯 자기들끼리 시끌시끌 떠들며 멀어져 갔다.

"푸하! 딱히 노이지 벨트 아래가 고렙 몬스터 존은 아닌 모양인데?"

멀린은 수면 위까지 올라와 조금 전에 보았던 머메이드들의 수준을 생각해 보았다. 물론 머메이드는 종족 레벨이 4나 되기 때문에 그리 약하지는 않았지만 그래 봐야 평균 5~6레벨 정도의 수준을 넘어서지 못했던 것이다.

"다른 건 몬스터나 NPC들의 성향인가……."

오히려 다이내믹 아일랜드가 특이한 경우였다. 자신들이 가상의 존재라는 걸 너무나 잘 알고 있는 NPC와 몬스터들이라는 건 아무래도 이상하지 않은가. 하지만 전혀 이해할 수 없는 것도 아닌 것이, NPC들이 스스로의 정체를 모르면 너무나 생생한 가상 현실 속에서 현실과 게임을 구분 못하거나 NPC들에게 이 세계와 너희들은 다 가짜라는 걸 알려주려고 뻘짓 하는 유저가 생길 것 같았다.

"아무래도 운영진 측에서는 유저들이 노이지 벨트를 넘어

가긴 아직 좀 이르다고 생각하는 모양이네. 아마 그건 전투력이 아닌 정신적인 문제… 응?'

하지만 그러다가 멀린은 생각을 멈췄다. 멀리서 나타난 붉은색 점 때문이었다.

후웅.

아직 까마득하다 싶을 정도로 멀리 떨어져 있었지만 그 압도적인 존재감은 강렬하게 그의 뇌리를 파고들었다. 막대한 거리가 있음에도 커다랗게 보일 정도로 육중한 몸과 그 몸이 작아 보일 정도로 활짝 펼쳐진 날개.

"어… 어?"

팔이 덜덜덜 떨리는 걸 느끼며 숨을 죽였다. 그것은 용(龍)으로, 동양의 그것보다는 서양의 용, 정확히 말하면 드래곤(Dragon)이었다. 멀리서도 선명하게 빛나는 붉은 비늘을 보아하니 아무래도 레드 드래곤(Red Dragon)인 모양이었는데, 비행 속도도 상당히 빨라 점으로 보이던 몸이 빠르게 커져 갔다.

희번득!

고도 자체가 높았던 만큼 거리가 상당했지만 강화안 사용자인 멀린은 마치 고매한 예술가가 수없이 긴 시간과 정성을 들여 만든 듯 치밀하고 아름다운 드래곤의 몸을 한눈에 볼 수 있었다. 일반적으로 알고 있던 드래곤에 대한 인식과 다르게 그건 마치 예술품 같은 모습이었지만 멀린은 감상할 수가 없었다.

'날 봤어!'

멀린은 한순간 오한을 느낄 정도로 긴장하며 내공을 끌어올려 몸을 보호했다. 약간의 기미만 느껴져도 심해 깊숙이 숨어들기 위해서였지만 레드 드래곤은 아무래도 상관없다는 듯 속도를 줄이지 않고 지나쳐 버렸다.

멀린은 멀어지는 레드 드래곤의 모습을 멍한 표정으로 바라보았다. 그 거대한 적룡은 자신의 힘을 전혀 갈무리하지 않았기 때문에 멀린으로서는 태양처럼 빛나는 무지막지한 마력을 느낄 수 있었다. 그건 실로 어마어마한 일이라 예전 만났던 해룡(海龍) 지그문트(Zygmunt)와 비교해도 크게 뒤지지 않을 정도였다.

"맙소사, 설마… 저게 보스 몬스터라는 건 아니겠지?"

만약에 그렇다면 너무나 지나친 일이었다. 물론 유저들도 강하다. 두 명의 마스터와 고르고 고른 이천 명의 유저들은 고작 두 달 정도 이능을 경험했다고는 도저히 믿을 수 없을 정도의 전투력을 가지고 있었으니까.

"하지만 저 방향은 스타팅인데."

그러나 어림없는 일이었다. 그야말로 격이 전혀 달랐다. 개미 수천 마리가 모인다고 공룡과 싸움이 될 리는 없지 않은가.

"이건 대체……."

식은땀을 흘리며 멀린은 어느새 멀어져 버린 레드 드래곤의 뒷모습만을 지켜볼 뿐이었다.

*   *   *

15레벨 시험에 들어오신 것을 환영합니다! 아더님의 도전 횟수는 0회입니다.

15레벨 시험에 전 유저 최초로 도전하셨습니다! 보너스로 대환단 세 개가 주어집니다!

펫이 가진 특수 능력이 봉인됩니다. 소모성 아이템이 봉인되며 추가적으로 마스터 스킬과 마스터 웨폰 또한 봉인됩니다.

"흠, 마스터 스킬은 능력인데 그냥 놔두면 안 되려나?"

아더는 그렇게 중얼거리며 1:1전투에 들어섰다. 시간이 그렇게 넉넉하지는 않아서 서두를 필요가 있었다.

캬아악!

"어이쿠, 마계(魔界)로군."

슬쩍 몸을 움직여 자신을 노리고 덤벼들었던 마족의 입을 피했다. 주위는 사막이었다. 다만 일반적으로 알려진 사막과 다른 점이 있다면 발아래 깔린 모래가 검은색이라는 것, 그리고 주위에 기백이 넘는 마족들이 깔려 있다는 점이었다.

위이잉—!!!

그러나 아더의 왼손이 흐릿해짐과 동시에 검광이 천지를 감싼다. 주위의 마족들은 괴성을 지르며 덤벼들었지만 번뜩이는 검광에 믹서기에 들어간 과일처럼 갈려 나갈 뿐이었다.

쾅!

다이아몬드만큼 단단한 외피에 마기를 둘러 검기를 뚫고 들어온 중급 마족이 주먹만 한 크기의 푸른색 구슬에 얻어맞고 튕겨 나갔다. 물론 무려 12레벨에 달하는 무지막지한 전투력을 가지고 있는 중급 마족은 다시 몸을 일으켰지만 그의 몸을 때렸던 푸른색 구슬은 껍질만 한 겹 벗기듯 그 크기만을 줄여 중급 마족의 머리를 후려쳤다. 단단한 몸을 가진 중급 마족으로서도 그냥 견디고 지나갈 수 없을 정도로 무지막지한 충격량이었다.

쾅! 쾅! 쾅! 쾅! 쾅!

폭음이 계속되고 중급 마족의 몸이 연신 뒤로 밀려났다. 처음 주먹만 한 크기였던 푸른색 구슬은 점점 작아져 이젠 달걀만 한 크기로 중급 마족의 머리를 계속해 후려쳤다. 그 크기가 점점 작아질수록 더욱 커지는 타격에, 유도탄처럼 머리만을 노리고 날아드는 장법에 그 강력하다는 중급 마족조차 고통의 비명을 지르며 물러섰다. 그것은 무당파(武當派)가 가진 최강의 장법인 십단금(十段錦)!

쾅! 쾅! 쾅!

중첩(重疊)된 열 개의 장력을 한 점에 집중시키는 십단금은 최종적으로 유리구슬만 한 크기로까지 작아지더니, 마침내 중급 마족의 머리를 뚫고 들어갔다.

쾅!

중급 마족의 거체가 일순간 움찔거리더니 검은색 먼지로 화해 흩어졌다. 놀랍게도 아더는 지금 한순간에 펼쳐 낸 단한 수의 장법으로 어지간한 마스터보다도 강력하다는 중급 마족을 쓰러뜨린 것이다. 물론 지금 사용한 십단금은 아더로서도 상당한 힘을 실은 공격이었지만 금단선공처럼 단번에 전력을 발휘하는 심법을 가진 것도 아닌데 이만한 위력을 발휘할 수 있다는 건 그가 드높은 무리(武理)를 깨달았음은 말할 것도 없이, 무지막지한 내공을 지니고 있다는 뜻이었다. 실제로 그의 내공은 벌써 10갑자(600년)에 가까웠다.

"오호~ 이런 곳에 인간이라… 무슨 일이지?"

그렇게 주변 상황이 대충 정리되자 시험의 [과제]라고 할수 있는 적이 모습을 드러냈다. 아더의 앞에 선 것은 170센티미터를 가볍게 넘어서는 훤칠한 키에 육감적인 몸매를 뽐내는 흑발의 여인. 하지만 그녀에게서 뿜어지는 건 주변 공간 전체를 짓누르는 무지막지한 마기(魔氣)였다.

"역시 상급 마족이군. 뭐, 마계에서의 15레벨이면 상급 마족뿐이겠지만."

"전혀 당황하지 않는군. 알고 왔다는 건가?"

주변 가득히 있던 마족들은 더 이상 다가오지 않았다. 분명 지금 모습을 드러낸 여인이 뿜어내는 마기에 겁을 먹은 것. 하지만 아더는 전혀 긴장하지 않았다. 어느새 주변 공간이 열리고 더스틴이 그 모습을 드러냈다.

"검룡(劍龍)……?"

"알아보나? 다들 그냥 검 모양의 소환수라고 생각하던데."

쩌엉!

태연하게 말하던 아더는 말하는 도중 기습적으로 날아든 마력탄을 어렵지 않게 쳐냈다. 마력탄의 속도는 마하 5에 가까워 총탄은커녕 포탄보다도 빠른데다가 아무 예고 없이 날아들었는데도 쳐낸 것이다. 실로 놀라운 일이지만 마스터 레벨을 넘어서면 어지간한 바보가 아닌 이상 인지 속도를 벗어나는 공격에 대한 대항책 한두 개 정도는 가지게 된다. 실제로 13레벨에 불과한 성묵조차 크루제의 총탄을 일일이 다 검으로 쳐냈지 않은가?

"제법이군. 오랜만에 재미있는 오락거리가……."

"미안."

쿠오오오오오—!!!

아더의 짧은 사과와 함께 무지막지한 힘이 사방으로 뿜어졌다. 일렁이는 공간 여기저기에서 들리는 으르렁거림. 아더는 깜짝 놀라 방어 태세를 취하는 상급 마족 여인을 보며 웃었다.

"검술만으로 차분하게 싸우고 싶지만 조금 있으면 스페셜 보스가 등장한다고 공지가 떠서."

"스, 스페셜 보스? 네놈, 지금 무슨 소……."

"좀 빨리 갈게."

오른손에는 더스틴, 왼손에는 평범한 검을 들고 앞으로 나서는 그의 뒤로 수십의 그림자가 나타나기 시작했다.

*   *   *

"저게… 스페셜 보스?"

"아름다워. 저거 디자인한 녀석이 누구인지는 몰라도 진짜 존경스럽다."

유저들은 스타팅 위에 모습을 드러낸 거대한 적룡에 압도되어 숨조차 제대로 쉬지 못했다. 적룡의 몸에서 뿜어지는 존재감이란 실로 어마어마한 수준이어서 온갖 괴물들과 일상처럼 전투를 벌이는 유저들조차 식은땀만 줄줄 흘릴 뿐, 그 누구도 함부로 움직이지 못했다.

[내 기세[Dragon Fear]는 역시 안 먹히는군.]

"안 먹히다니요. 저렇게 덜덜덜 떨고 있는데."

[흥, 원래 저 정도 수준의 능력자들이라면 죄다 피를 토하고 쓰러져야 해. 게다가 전의를 잃어버린 놈 하나 없다니. 정신적인 보호 기능도 달린 모양이군.]

쏘아붙이는 말투였지만 레드 드래곤의 어깨 위에 앉아 있는 소년은 에헴, 하고 가슴을 폈다.

"헤헤, 유저들의 육체를 이루고 있는 시스템은 저희들로서도 심혈을 다한……."

[알 바 아니지.]

쿠오오오오!!!

차가운 목소리와는 반대되는 뜨거운 열기가 입가에 모였다. 그것은 그의 종족에게 주어진 일종의 권능(權能)이자 마주 서는 모든 것을 태워 버리는 용의 숨결[Dragon Breath]!

"뭐, 뭐야, 이 말도 안 되는 마력량은?!"

"모두 피해!"

하지만 말로만 소리칠 뿐, 아무도 피하지 않았다. 아니, 피하지 못했다. 왜냐하면 하늘에서 떨어져 내리고 있는 폭염의 숨결에 주변 정도가 아닌, 도시 전체를 날릴 만한 위력이 담겨 있다는 걸 본능적으로 눈치챘기 때문이다. 설상가상으로 다들 도시 안에 있었기에 마지막 간 도시로 이동시켜 주는 게이트 링도 사용할 수 없었다. 로그아웃할 시간 역시 당연히 없으니 얌전히 죽어야 하는 것이었다.

"시작과 동시에 끝이라니!"

누군가의 비명. 하지만 그 순간, 스타팅 위로 거대한 결계가 떠올라 폭염을 튕겨냈다.

화악!

하늘을 자욱하게 뒤덮고 있던 구름들이 단번에 밀려나 맑은 하늘이 드러났다. 공격에 맞은 것도 아닌데 공기가 잔뜩 달아올랐다.

"지, 진짜 살벌하네. 뭐 저런 게 다 있어?"

"한 방에 끝내려고 하다니, 매너없네! 좀 싸워보자!"

"방비를 한 거 보니 운영진도 생각은 있는 모양인데… 저거, 잡긴 할 수는 있는 거야?"

"일단 사거리 안에 들어오면 어떻게든 할 수 있을 것 같은데!"

몰살의 위기를 겪었음에도 겁에 질리지 않는 건 그들이 죽음에 대한 두려움이 없기 때문. 하지만 평소 인간을 눈 아래로 보던 레드 드래곤 이그니스는 자존심의 상처를 받은 듯 으르렁거렸다.

[직접 손을 쓰다니… 네놈들, 뭘 하려는 거지?]

"단번에 끝나면 안 되는 전투라서 탄생의 성에 보호 주문이 걸려 있어요. 때문에 지표면에서 100미터 이상 떨어져 날리는 공격은 모조리 막히게 돼서 공격을 하시려면 접근하셔야만 해요. 반면 아래에서는 장거리 공격이 가능하고요. 그리고……."

[그리고?]

이그니스가 소년에게 물어보는 순간, 탄생의 성에 있는 모든 유저들의 머리 위로 푸른색의 고리가 떠오르더니 이내 깨져 나갔다.

"어? 이건 2레벨 시험 때 걸렸던 버프?"

"그것도 강화판이야. 마력이 두 배는 늘어나잖아?"

"헐, 내 생명력 300대… 이거, 인간이냐?"

"오오, 짱이다! 싸워볼 만한데?"

몸에 넘쳐흐르는 힘에 혼란 상태였던 유저들의 표정에 활기가 깃들기 시작했다. 신난다는 분위기였지만 이그니스는 차가운 눈으로 그들을 내려다볼 뿐이었다.

[없나?]

"뭐가요?"

[나한테 가해지는 금제나 저 녀석들에게 더해지는 도움. 더

없나?]

"네, 이제 끝이죠."

순순히 고개를 끄덕이는 소년의 말에 레드 드래곤의 고개가 살짝 숙여졌다. 그리고…….

[크하하하하하!!!!!!!]

무지막지한 광소에 땅에 있는 유저들은 물론, 레드 드래곤의 어깨에 있던 소년까지 귀를 틀어막았다. 만약 일반적인 도시에서 이런 웃음이 터져 나갔다면 도시에 있던 사람들의 고막이 다 망가져 버렸을 정도로 강렬한 웃음. 물론 단 한 명도 보통의 인간이 없는 스타팅에는 별다른 피해가 없었지만 애초에 공격을 위해 웃은 게 아니었던 이그니스는 다시 으르렁거렸다.

[큭큭큭… 정말 웃기지도 않는구나. 내가 너희에게 묶여 있다고 그렇게까지 우습게 보인 건가? 이깟 벌레들이 이 정도 도움을 받으면 나를 쓰러뜨릴지도 모른다고 생각할 정도로?]

"저한테 너무 화내지 마세요. 아니라면 증명하면 그만이잖아요?"

[오냐……! 다 죽여주지!]

화악!

높은 하늘 위에 떠 있던 이그니스의 몸이 먹이를 노리는 매처럼 내리꽂혔다. 그 동작 자체는 크게 특이할 게 없었지만 200미터를 넘어서는 무지막지한 신장 때문에 하늘이 무너지는 게 아닐까 싶을 정도로 경이적인 광경이었다. 하지만 유저들은 다들 자신이 다루는 영력을 끌어올리며,

"다들 조심해!"

"아뵤!!!"

그렇게 전투를 시작했다.

　

*　　　　*　　　　*

　

자기관조(自己觀照)에 들어가 자신의 안에 머무르고 있는 내공을 살폈다. 그 숫자는 세 개였다. 일단은 핵심적인 내공의 창고이자 태양의 역할을 하고 있는 금단과 거기에서 나온 내공을 각각 두 배로 증폭시키는 제1계 수성(水星)과 제2계 금성(金星). 현재 멀린은 그 두 개의 행성을 이용해 1의 내공을 별다른 수고 없이 두 배에서 네 배까지 증폭시킬 수 있었다.

우웅.

그리고 지금 여기서 세 번째 증폭을 위한 행성의 제작에 들어갔다. 물론 그 재료는 그의 전부라고 할 수 있는 80포인트, 즉 40년치의 내공. 수성에는 10년의 내공이, 금성에는 20년의 내공이 들어갔다는 걸 생각해 보면 아무래도 지구(地球)에는

40년의 내공이 들어갈 것 같다.

쾅!

그러나 그렇게 생각하며 운기하는 순간 충돌이 일어났다. 아니, 정확히 말하면 충돌이라기보다는 반발이라는 말이 맞으리라. 40년의 내공을 응집시켜 행성으로 만드는 과정에서 뭉쳐진 내공이 그대로 굳어지는 대신 반발을 일으킨 것이었다.

'생각보다 어렵잖아?'

상당한 타격에 목구멍까지 핏물이 올라왔지만 그 피를 뱉어낼 경우 단순히 혈액뿐이 아닌 금단에 실려 있던 내공까지 쏟아져 나갈 것이라는 걸 알고 있는 멀린은 억지로 피를 삼켰다. 그는 수성과 금성 때처럼 내공을 뭉쳐 행성으로 만들려고 했는데 생각대로 내공이 움직여지지 않았다.

쾅!

다시 내공을 뭉치려고 시도했지만 계속해 반발한다. 이번에는 내장이 상했는지 속이 욱신거리기까지 했다.

'왜? 어째서 안 되는 거지? 수성하고 금성은 어렵지 않았는데?'

이해할 수 없는 상황에 당황하는 멀린이었지만 사실 그건 당연한 일이다. 수성, 금성이라고 이름 짓기는 했지만 그건 어디까지나 마리의 설명을 듣고 멀린이 자기 맘대로 붙인 이름일 뿐. 원래 금단선공의 무유생계(無有生界)는 제1계(第一界)를 열기도 불가능에 가까운 비전 중의 비전이며 아무리 잘 나도 제2계를 여는 게 한계였다. 수성과 금성이라는 이름을 붙였다고 당연히 지구, 화성, 목성, 토성, 천왕성, 해왕성, 명왕성순으로 갈 것이라고 예상하는 건 지나칠 정도로 제멋대로의 생각인 것이다.

우우웅!

재차 응축을 시도했지만 쉽지 않은 일이었다. 석탄과 다이아몬드가 동일 화학 요소인 탄소로 이루어져 있더라도 전혀 다른 물질인 것처럼 일반적인 금단과 무유생계의 원리로 만들어진 금단은 제작 난이도부터가 판이하게 달랐다. 그냥 석탄을 두 손으로 힘껏 짓누른다고 다이아몬드가 될 리 만무한 것처럼 무유생계의 숫자가 더 늘어날수록 그 난이도가 극렬하게 높아지는 것이다.

"후우… 안 되겠다!"

적당한 무인도에 올라 가부좌를 취하고 있던 멀린이 자기관조를 깨고 나왔다. 그리고 마치 공을 잡듯 오른손을 아래로, 왼손을 위로 향해 내공을 방출했다.

최대 영력(Type 내공)이 8만포인트 하락했습니다!

은은한 금빛과 함께 기본 핵을 포함한 모든 내공을 뿌리 뽑았다. 물론 예전처럼 준비하고 방출한 것이 아니었기에 축구공만 한 금빛 광채가 그의 양손 사이에 떠 있었다. 예전 같은 고체의 단환이 아닌, 기체의 형태. 만약 지금 누군가 달려와 금빛 광채를 흩어버리면 힘겹게 모은 내공이 홀랑 날아갈 위험한 상황이었지만 다행히 주변에 그런 짓을 할 적은 없었다.

"시간이 많았으면 좋을 텐데… 제길, 공지사항 좀 미리미리 확인할걸."

지금 멀린이 이 짓을 하고 있는 이유는 그의 머리 위로 지나간 레드 드래곤의 모습에 확인한 공지사항 때문. 그 내용은 이랬다.

1. 스페셜 보스(Special Boss) 레이드 전투.

무사히 공성전을 마친 것을 축하드립니다~! 저희가 예상한 것보다 여러분들의 수준이 높아 기쁜 마음을 감출 수 없습니다.

때문에 준비했습니다! 레드 드래곤 이그니스(Igniz) 등장!

잠시 후 오후 두 시. 남쪽 하늘에서부터 레드 드래곤 이그니스가 출몰하여 유저들을 향한 공격을 시작합니다. 이그니스의 목표는 스타팅의 점령이 아닌 유저들의 몰살. 때문에 특정 위치를 지킬 필요 없이 도시 전체를 전장으로 삼아도 되지만 전투가 시작되면 스타팅 주위에 결계가 생성되어 벗어나는 게 불가능하며, 도시 밖에 있던 유저들은 도시 안으로 진입&지원이 불가능합니다.

스타팅 안에 있는 모든 유저들은 하나의 파티로 설정되며 보상 아이템 역시 동일하게 배분됩니다.

2. 클로즈 베타 종료.

유저들의 전멸&이그니스 사망 시 다이내믹 아일랜드의 서비스가 종료됩니다. 서비스 종료 시 현재 유저들의 아이디와 인벤토리의 크기, 로그아웃 시간 등의 시스템적인 요소들과 지닌 골드와 아이템들, 그리고 경험치는 그대로 유지되나 레벨과 능력치는 전원 초기화됩니다. 강제적인 리셋(Reset)이라고 볼 수 있으며 레벨과 능력치가 리셋되어 신규 유저들과 같은 레벨에서 출발하는 것 외에 기존 유저가 받게 되는 페널티는 없습니다.

3. 정식 서비스 오픈.

자, 이그니스를 잡았을 때의 보상에 대해 말씀드리겠습니다. 만약 유저들이 승리한다면, 그래서 이그니스를 쓰러뜨리게 될 경우, 클로즈 베타 종료 후 열흘 후인 1월 1일, 정식 서비스를 시작합니다. 하지만 스타팅에 있는 모든 유저가 사망할 경우 정식 서비스 오픈은 약 3개월 후인 4월 1일에 시작됩니다. 정식 서비스는 모든 유저들이 자유롭게 접속이 가능하니 광고 많이 해주시길.

4. 오픈 베타 같은 건 없습니다. 돈 내고 하세요.

PS. 현재 문의가 많은 망자의 대지 쪽 몬스터들은 스타팅에 도착하기 전 소수의 유저에게 요격되었으며 그 와중에 버그나 에러 등의 문제는 없었음을 알립니다.

공지사항을 처음 봤을 때 멀린은 공지를 본 수많은 유저들과 마찬가지로 황당해했다.

"뭐, 뭐야, 이 녀석들. 게임 외적인 이유도 아니고, 레드 드래곤한테 지면 4월에 오픈하겠다고?"

그야말로 장사꾼의 자세가 아니었다. 이건 서비스 안 해서 아쉬운 건 너희지 우리가 아니라는 태도. 하지만 멀린은 이내 고개를 흔들어 버렸다.

"아, 됐어. 이놈의 게임이 이상한 게 하루 이틀 일도 아니고. 오픈일은 좀 더 기다리지 뭐."

멀린은 레드 드래곤에 대해서는 깔끔하게 포기했다. 왜냐하면 승산이 없다고 판단했기 때문이었는데 그랬기에 그가 자세히 본 건 오히려 3번 내용이다.

강제적인 리셋.

즉, 레벨이 초기화되고 능력치가 떨어진다는 말이었다. 물론 시험으로 오르는 레벨은 초기화되든 말든 상관없는 일이지만 시간을 들여서 쌓은 능력치가 그냥 날아가는 건 너무나 아까운 일이 아닌가. 때문에 멀린은 지닌 영력을 유형화시키는 작업에 들어갔다. 물론 영자기관을 만들어내는 금단선공이라도 몸 밖으로 내공을 방출해 유형화시키는 건 쉽지 않은 일이었지만 뛰어난 이미지 메이킹 능력을 가진 멀린은 그 어려운 일을 두 번이나 해치운 전적을 가지고 있었다.

키잉!

멀린이 축구공만 한 금빛 광채를 우그러뜨렸다. 물론 기체에 가까운 내공 덩어리를 단순한 힘으로 짓누르면 흩어질 뿐이기 때문에 마력을 사용했다.

'좋아, 상상하자.'

멀린의 눈이 진지해짐과 동시에 손등 위의 스피넬이 분홍색의 빛을 흩뿌리기 시작했다. 그의 오른손에서부터 흘러내려 내공 덩어리를 둥글게 감싸는 마력. 축구공 정도의 크기를 가지고 있던 내공 덩어리는 단숨에 사과만 한 크기로 작아졌다.

"기의 집중… 기의 집중……."

중얼거리는 그의 두 손이 점점 가까워졌지만 작아지던 내공은 다시 반발을 시작한다. 그가 단순히 내공을 압축해 금단을 만들려고 한다면 간단한 일이지만 그는 단순한 금단이 아닌, 새로운 무유생계를 열려 하고 있기 때문.

계속해서 반발하는 내공의 모습에 멀린은 단순한 이미지 메이킹과 압력만으로 새로운 행성을 만드는 게 불가능하다는 걸 깨달았다.

쩌적!

은은한 분홍빛을 흩뿌리던 스피넬에 금이 간다. 당연한 말이지만 육체에 완전한 영자기관(靈子機關)을 만들어내는 걸 기본 목표로 하고 있는 세븐 쥬얼 학파에서 이건 매우 심각한 상황이었다. 그야말로 모든 마력의 집결지이며 메인 탱크라고 할 수 있는 마정석이 파괴되면 그 결과는 사용자가 사용할 수 있는 모든 마력의 손실이 일어나니까.

하지만 그건 멀린 역시 알고 있다. 한순간 보석이 견딜 수 없을 정도로 마력을 급가속시킨 것이 바로 그인 것이다.

"마정석도 만들려고 했는데 포기해야겠… 군!"

멀린은 이를 악물며 이미지 메이킹을 이어나갔다. 수성과 금성은 단순―하다고 생각하고 있는―한 이미지 메이킹만으로 내공의 압축이 가능했지만 세 번째 행성, 지구(地球)부터는 내공량이 반 갑자를 넘어서기 때문에 아무리 강력한 이미지 메이킹 능력을 가지고 있어도 내공이 반발해 흩어지고 말았다.

금단선공을 평생 연마한 사람이라도 이런 상황에 처하면

진즉 포기했을 것이다. 물론 안타까워하겠지만 결국 세 번째 무유생계는 불가능하다고 판단하게 되기 때문으로 그건 잘못된 판단이 아니다. 다른 방법이 있는데 못 찾은 것일 수도 있지만 그 다른 방법이라는 게 기나긴 시간과 수많은 사람들의 연구가 있어야 발견되는 종류의 것이기 때문이다.

존 돌턴(John Dalton:1766~1844)은 원자설에 대해 '물질은 원자라고 부르는 더 분할할 수 없는 작은 입자로 구성되어 있다'라고 주장했다. 엄밀히 말해 그건 틀린 말이었다. 플라즈마 또는 굉장히 높은 압력을 받는 입자는 충분히 쪼개질 수 있다. 원자를 쪼갤 경우 양성자, 중성자, 전자가 나오게 되는데, 이게 바로 현대에 와서 가장 기본적인 입자라고 판단되는 소립자(素粒子)이다.

돌턴의 원자설은 틀렸다. 하지만 원자설을 처음 주장한 돌턴에게 '원자 쪼개지잖아, 이 바보 멍청아!'라고 말한다면 그건 굉장히 웃기는 이야기. 그 시대의 돌턴은 오히려 시대를 앞서 간 선지자로서 상당한 업적을 이뤄낸 위인이었다. 소립자를 발견했다고는 해도 그건 긴 시간과 수많은 연구가 이뤄진 후대의 이야기일 뿐, 돌턴에게 거기까지 알아내라는 건 상당히 무리한 주문이 아닌가.

마찬가지로 금단선공의 창시자가 세 번째 무유생계를 만

드는 게 불가능하다고 판단내린 것 역시 잘못된 일이 아니었다. 오히려 별다른 힘의 소모 없이 내공을 증폭하는 무유생계라는 굉장히 획기적이고 새로운 개념의 무학인 것. 혹, 세 번째 무유생계가 언젠가 만들어진다 하더라도 그건 긴 시간과 연구와 많은 사람들의 논의가 필요한 일인 것이다.

"좋아… 된다!!"

그러나 영력의 제어와 감지 능력에 있어서는 거의 괴물 같은 직감을 가지고 있는 멀린은 마력과 내공을 혼합하는 것으로 전혀 새로운 성질을 가지게 할 수 있다는 걸 단번에 눈치채고 망설일 것 없이 실행에 옮겼다. 긴 시간과 끊임없는 연구가 필요한 개념을 직감 하나로 도달해 버린 것. 다만 지구를 만들기 위해서는 일반적으로 사용하는 마력이 아닌 코어(Core), 내공으로 치면 진원진기(眞元眞氣)에 해당하는 마력이 필요했기에 마력을 완전히 손실하는 상황만은 피할 수 없었다.

> 최대 영력(Type 마력)이 17포인트 하락했습니다!

마력과 뒤섞인 영력의 덩어리를 짓누르자 주위로 금빛 광채가 퍼져 나가기 시작했다. 그리고 잠시 후, 그의 손바닥 위에는 새끼손가락 한마디만 한 금단 하나만이 남았다. 제3계, 지구였다.

"성공. 우리의 푸르른 별 지구~"

몸 안에서 내공이 완전히 사라졌기 때문인지 극심한 허무감이 밀려들었지만 이미 예상하고 있던 문제였기에 태연히 금단을 인벤토리에 넣었다. 마찬가지로 수성과 금성 역시 몸 밖으로 방출해 인벤토리에 옮겼다. 원래대로라면 오른팔에 달려 있던 보석도 마정석으로 바꿔서 챙기려고 했지만 지구를 만드는 과정에서 소모해 버려서 더 할 일이 없다.

"생명력하고 체력도 이런 식으로 아이템 생성에 쓸 수 있으면 좋을 텐데… 피라도 뽑아볼까?"

다른 유저들이 듣는다면 뭐, 이런 정신 나간 녀석이 있냐고 생각할 만한 말을 중얼거리며―물론 개중에는 '괜찮은 방법인데?' 라고 생각하는 유저 역시 분명 있을 것이다―만약을 대비해 가지고 있던 모든 아이템을 인벤토리로 옮기는 멀린. 그리고 그때였다.

우르릉.

천둥이 쳤다. 진짜 천둥이 아닌 마나의 공명으로, 멀린은 자신의 강화안조차 미칠 수 없을 정도로 먼 곳에서 무지막지한 전투가 벌어지고 있다는 걸 알았다.

"아직도 싸우고 있어?"

시간을 확인해 보니 멀린이 내공을 방출하는 데 소모한 시간이 상당해서 레드 드래곤이 스타팅에 도착한 지 벌써 세 시간이나 지났다.

"드래곤이 봐주면서 싸우고 있는 건가?"

그렇게 생각할 수밖에 없을 정도로 레드 드래곤이 풍기던 힘은 절대적이었다. 디오의 서비스가 5년차에 들어서 유저들의 평균 경험 시간이 10년을 넘어선다면 또 모르겠지만 고작 두 달의 플레이 타임밖에 경험하지 못한 유저들에게 레드 드래곤 이그니스는 레이드 몬스터로도 지나치게 강했다.

"뭐, 이미 상당히 버텼으니 더 오래 걸리진 않겠지만… 그런데 이 알은 어쩌지?"

아이템들을 인벤토리에 다 집어넣은 멀린은 자신의 어깨 위에 떠 있는 알을 바라보았다. 당연한 말이지만 생명체인 알은 인벤토리에 넣을 수 없다. 결국 방법은 손에 들고 로그아웃하는 방법뿐인데, 초기화 과정에서 무사할 수 있을까? 하지만 거기에서 멀린은 생각을 멈춰야 했다.

키잉—!

강렬한 파동이 그의 전신을 훑고 지나갔다. 이제 멀린은 티끌만 한 마력도 내공도 없는 몸이었기에 기감이 극도로 약해졌을 텐데도 소름이 끼칠 정도로 강력한 영압(靈壓). 이만한 거리에서 이 정도의 충격이라면 문자 그대로 상상을 초월할 정도의 영력이 움직였다는 뜻이다.

"이게 대체 무… 어?"

하지만 그러다가 공기가 달라졌다는 걸 깨달았다. 물론 분위기라던가 그런 게 아니라 좀 더 물리적인 쪽이었다.

"공기가… 따듯해?"

정확히 말하자면, 따듯해졌다. 방금 전에 일어났던 막대한 마력의 흐름과 함께 주변의 온도가 4~5도 가까이 오른 것이다. 물론 그 정도의 기온이 오른다고 해서 무슨 큰일이 나는 건 아니지만 문제는 지금 전투가 벌어지고 있는 스타팅이 멀린이 도달한 노이지 벨트 부근과 250킬로미터 이상 떨어져 있다는 것이었다.

이렇게나 먼 곳의 온도가 4~5도나 오를 정도면 공격이 직격으로 떨어진 장소의 온도는 얼마나 올라갔을지 상상조차 하기 힘들었다.

"우와아… 무시무시하구먼. 과연 레드 드래곤."

그랬기에 멀린은 이것으로 전투가 끝났을 것이라고 예상했다. 당연하다. 이만한 공격이라면 도시 전체가 타버렸을 테니 피할 곳 따위 있을 리 없다. 어쩌면 땅이 죄다 녹아서 용암 지대가 생겼을지도 모를 정도.

하지만 그때 그의 눈을 의심케 하는 텍스트가 떠올랐다.

아더님께서 레드 드래곤 이그니스를 처치하셨습니다!

축하드립니다! 유저분들의 승리입니다!

"…뭐?"

그가 황당해하거나 말거나 상관없다는 듯 하늘이 어둑어둑해져 갔다. 뿐만 아니라 수평선 끝에서부터 세상이 천천히 사라지기 시작하는 것이 느껴졌다. 서버를 닫고 있는 것이었다.

이것으로 클로즈 베타 서비스를 종료합니다. 그럼 정식 서비스에서 만나요!

유쾌해 보이는 텍스트와 함께 어두워지는 세상. 그러나…….

"뭐라고?"

다만 멀린은 황망한 표정을 짓고 있을 뿐이었다.

Chapter 16
도망치는 자

오랜만에 버스에 올라탔다. 물론 오랜만이라고 해봐야 고작 보름이 조금 지난 시간일 뿐이지만 용노가 경험한 시간은 60일이 넘는 수준. 그 때문일까? 주변의 모든 것들이 상당히 신선하고 새로워 보였다.

"어, 용노냐?"

"안녕."

학교에 도착해 3학년 교실이 있는 2층까지 올라가서야 아는 얼굴을 만났다. 사실 아는 얼굴이 아니어도 3학년은 구분이 쉽다. 사복을 입고 있는 녀석들은 죄다 3학년. 당연히 교복을 입어야 하지만 수능이 끝난 고등학교 3학년이란 교사들도 함부로 건들지 않는 존재였다.

"이 양아치 자식. 나도 가끔 빠지긴 했지만 어떻게 한 번을 못 만나냐? 너 수능 치고 한 번도 안 왔지?"

"정답~"

웃으며 대답하면서도 용노는 속으로는 고민에 빠졌다.

'누구더라…….'

잘 모르는 상대는 아니었다. 아니, 오히려 그는 상당히 친한 클래스메이트. 3년 내내는 아니지만 1학년과 3학년 때 같은 반이었기에 자주 대화를 나누던 친구 중 하나였다.

'아, 이름이…….'

그의 취미를 안다. 성격도 알고, 주변 근황도, 심지어 별명까지도 알아 대화를 이어나가는 데 문제가 없는데 이름만 기억나지 않는 것이었다. 이건 지금뿐만 아니라 예전부터 그랬기에 정말 친한 한두 명을 제외하고는 이름을 잘 기억하지 못했다. 그나마 교복을 입고 있을 때는 옷에 이름이 박혀 있어서 그걸 보면 됐는데 사복을 입고 와버리니 그럴 수도 없었다.

"아침부터 퍼자냐, 백수들아~!"

"어휴, 잉여 새퀴. 형이 은혜로운 야구 동영상 가져왔는데 안 땡기나 보네?"

"헐, 형님. 하찮은 아우에게 은혜를."

"꺼져."

교실은 한가한 분위기였다. 한 반의 학생 수가 30명 정도였는데, 보이는 건 열 명이 채 안 되는 수준. 그나마 그 열 명도 대부분 책상에 엎드려 자고 있거나 잔뜩 빌려온 소설책들을 보고 있었다.

"그나저나 수능은 잘 봤어?"

"죽 쒔지, 뭐."

"그런 것치고는 목소리가 너무 가벼운데?"

야구 동영상 어쩌고 하더니 소설책 한 권을 받아와 묻는 건 역시 수능에 대한 이야기였다. 하긴 이 시기에 고3들이 꺼낼 만한 대화 주제 중 가장 만만한 게 수능 성적이리라.

"뭐, 점수는 대충 이 정도."

손가락으로 책상에 글씨를 쓰자 뜨악한 표정을 짓는다.

"헐? 진짜 완전 망쳤잖아? 시험 치다 졸았냐?"

"그냥 실력대로 본 것뿐인데."

"하지만 너 1학년 중간고사 때 전교 1등하지 않았었냐?"

별 쓸데없는 걸 다 기억한다고 생각하며 용노는 어깨를 으쓱였다.

"실수해서."

"실수? 실수로 1등을 해?"

"게다가 3년 동안 놀아댄 벌을 받는 거지 뭐."

두루뭉술하게 말을 흐리며 TV를 바라보았다. 칠판 왼쪽의
TV는 평소 시청각 자료를 보여주기 위해 설치되었기에 일반
채널을 보면 안 되지만 어차피 지금 와서는 제재할 교사도
없었기에 심심한 학생들이 마음대로 켜서 보고 있는 중이었
다.

"아, 너 그건 들었냐? 가상 현실 게임 나온다는 거?"

"어… 뭐, 들었지."

"진짤까? 난 왠지 크게 낚으려는 미끼인 것 같던데. 느닷없
이 가상 현실이라니."

'영화를 너무 본 거 아냐?' 라고 중얼거리는 그의 모습에
베타 테스터인 용노는 어색하게 웃었다.

"에… 음, 하지만 이미 가상 현실을 경험한 테스터들도 있
는 것 같던데."

"아, 그 인터뷰? 하지만 무슨 동영상을 보여주거나 하는
것도 아니니 결국 대단하단 말뿐이고 막상 해보면 되게 이상
하지 않을까? 분위기를 보아하니 이용료도 별로 안 비싼 것
같은데, 그런 걸로 대단한 서비스를 할 수 있을 리가 없잖
아?"

타당한 반응이었다. 용노 역시 이미 디오를 플레이해 본 입
장이 아니라면 똑같이 생각했을 테니까. 실제로 그는 게임에

접속해서조차 믿지 않았을 정도니 가상 현실이 사람들에게 얼마나 충격적으로 다가설지 짐작이 안 갈 정도였다.

'그런데 인터뷰라… 방송에 나온 사람도 있는 건가?'

하긴 이해 안 가는 건 아니었다. '가상 현실이 나왔다!' 라고 기사가 떠 사람들의 관심이 모인 상태에서 베타 테스트를 했다는 정보가 흘러나간다면 테스트를 한 유저로부터 체험담을 듣고자 하는 사람들이 상당할 테니까.

투둑. 투두둑.

그리고 그가 잠시 생각에 잠겼을 때 빗방울이 창문을 두드리기 시작했다.

"아, 추워 죽겠는데 무슨 비야?!"

"12월 중순에 눈도 아니고 비라니."

"헐, 기상이변. 간신히 수능 끝났는데 지구 멸망하면 어떻게 하지?"

설마 비가 내릴 거라고는 예상하지 못한 듯 잠을 자고 있던 학생들까지 창가에 모여 웅성거렸다. 때가 때인만큼 폭우가 내리거나 하는 건 아니었지만 우산을 준비한 이는 없는 듯 다들 투덜거렸다.

"그나저나 대학은 어쩔 거야?"

"가급적 안 가고 싶은데."

따분한, 그러나 결코 농담 같지 않은 용노의 말에 그는 깜짝 놀라 만류했다.

"뭐? 야, 인문계 나와서 대학을 안 가면 어떻게 해? 물론 대학이라는 게 내는 돈에 비해 쥐뿔 배우는 것도 없는 소모의 공간이긴 하지만 대한민국은 그 거지같은 돈 낭비 안 하면 낙오자 취급하는 나라라고."

"상관없어."

"아니, 어떻게 상관이… 부모님은 뭐라시는데?"

"글쎄, 수능 끝나고 이야기를 안 해봐서."

이상한 이야기이긴 하지만 틀림없이 사실이었다. 아니, 정확히 말하면 훨씬 더 전부터 가족과는 연락을 한 적이 없었다.

"어라? 왜? 솔직히 지금이 부모님이 가장 극렬한 관심을 가지는 시기잖아. 시도 때도 없이 전화해서 이 대학이 어쩌고 저 대학이 어쩌고 성적이 어쩌고 난리도 아닌데 연락한 적이 없다고?"

당연한 반응이었지만 용노는 웃었다.

"참견할 자격이 없다고 생각하나 보지. 이미 한 번 버렸던 주제에."

별생각없이 말을 꺼냈던 친구는 전혀 예상치 못한 용노의 말에 놀라 고개를 돌렸다가 멈칫했다. 그의 옆자리의 용노는 그가 지금까지 한 번도 본 적 없는 뒤틀린 미소를 짓고 있었다.

"에? 버렸다니, 무슨 말이야?"

"…응?"

하지만 그 순간 뒤틀린 표정은 거짓말처럼 사라지고 평소의 아방한 얼굴로 돌아왔다.

"엥? 뭘 버려?"

"아니, 방금 그랬잖아."

"내가?"

전혀 모르겠다는 모습에 친구 역시 홀린 듯한 표정을 짓는데, 교실 문이 열리고 학생 하나가 들어왔다.

"창정아, 상담하러 오래."

"어, 알았어."

친구, 창정은 다시 한 번 용노를 돌아보긴 했지만 일단 중요한 건 대학에 관련된 문제였기에 가볍게 손을 흔들고 교실을 나갔다. 교실에 남은 학생들은 여전히 잠을 자거나 소설책을 보거나 서로 TV를 보고 있어서 더 이상 용노에게 말을 거는 이는 없었다.

"…뭐지?"

하지만 용노는 멍한 표정으로 생각에 빠져들었다. 뭔가 이상했다. 머릿속에서 이상한 영상이 떠올랐다.

"이런 기억은 없는 게 낫겠지?"

말하는 것은 중년 사내였다. 얼굴은 보이지 않았다. 다만
처음 보는 얼굴은 아닌 것 같은 친숙감이 느껴질 뿐, 모든 기
억이 흐릿했다.

지끈.

두통이 몰려왔다. 어릴 때부터 지금까지 단 한 번도 두통을
겪어보지 못한 용노로서는 당황스러운 일이었다.

드르륵.

"엉? 벌써 가게?"

"어, 조퇴."

"조퇴는 무슨 얼어 죽을 조퇴. 아～ 뭐, 한가한 맛이 좋긴
하지만… 이거, 학교 오는 의미가 없네. 상담도 끝났고 나도
내일부터 오지 말까?"

책상에 엎어져 중얼거리는 클래스메이트의 푸념을 들으며
용노는 교실을 나섰다. 머릿속이 복잡했다. 전혀 생소한 영상
이 알아볼 수 없을 정도로 일그러져 머릿속을 날아다니고 있
었다.

쏴아아.

제법 강해진 빗소리를 들으며 걸었다. 눈이 아닌 비가 내리
고 있지만 때는 12월 중순. 날씨는 상당히 추워서 밤이 되어

기온이 더 떨어지면 바닥이 빙판이 되어버릴까 봐 걱정될 정도였는데도 용노는 전혀 추위를 느끼지 못했다. 다른 생각에 깊이 잠겨 있어서 추위를 못 느끼는 게 아니라, 정말로 추위를 못 느끼고 있는 것이었다.

딸랑딸랑.

편의점 문을 열고 안으로 들어갔다. 아침을 안 먹고 나왔던 터라 가벼운 간식거리나 사기 위해서였다.

"어? 밖에 비 안 오나요?"

아르바이트생으로 보이는 여성이 용노의 모습을 보고 의문을 표했다. 하지만 질문이라고 하기도 이상한 것이, 지금 용노가 들어선 편의점은 대부분의 편의점이 그러하듯 문과 벽이 유리로 되어 있어 밖의 광경이 그대로 보였다.

"오잖아요."

"아, 네. 그렇죠. 어라? 뭐지?"

"뭐가요?"

왠지 모르게 허둥대고 있는 아르바이트생의 모습에 용노가 황당해하자 아르바이트생이 물었다.

"저, 저기 혹시 우산 가져오셨나요?"

"가져와야 해요?"

"아뇨. 그런 건 아니지만… 죄송해요. 제가 뭔가 착각한 것 같네요."

꾸벅 고개를 숙여 사과하는 아르바이트생을 지나쳐 용노
는 샌드위치가 있는 쪽으로 향했다. 머리가 아파서 그런지 평
소와 다르게 신경질적인 태도였지만 스스로도 느끼지 못하고
있는 상태였다.

'샌드위치하고 우유랑 먹자.'

그렇게 결정을 내리며 대충 손에 잡히는 샌드위치와 커피
우유를 골라 들었다. 그리고 무심코, 정말 아무 생각 없이 편
의점 구석에 있는 볼록거울을 보고 몸이 굳어져 버렸다.

天.

이마에 그런 글자가 쓰여 있었다.

"……?!"

경악해 다시 볼록거울을 바라보지만 어느새 이마에 쓰여
있던 글자는 사라지고 없다. 아마 착각이었을 것이다.

'게임을 너무 오래했나?'

용노는 그 글자를 어디서 봤는지 알고 있었다. 그건 그가
기본 테스트를 마치고 떠날 때 가이드 NPC 마리가 그의 머리
에 새겨준 문양. 게임 속에서는 별로 거울을 볼 일이 없어 자
각하지 못했지만 그게 있다는 사실 자체를 잊은 적은 없었
다.

"얼마죠?"

"두 개 해서 2천 2백 원입니다. 봉투는 22원인데, 두 개 다

싸드릴까요?"

"아뇨. 그냥 들고 갈게요."

그렇게 말하며 편의점을 나섰다.

쏴아아.

여전히 비가 오고 있다. 조금 전에는 그냥 그런가 보다 했지만 두통이 좀 가라앉자 우산이 필요하다는 걸 느낀다.

"우산도 하나 살게요."

"역시 없죠?!"

"아까도 없다고 했잖아요."

약간의 짜증까지 담아 답하자 아르바이트생이 다시 혼란스럽다는 표정을 지었다. 뭔가 이해가 안 간다는 표정. 하지만 타인에게 별 관심이 없는 용노는 우산 값을 치르고 편의점을 나서며 우산을 폈다.

'집에 가자.'

한 것도 별로 없는데 왠지 피곤한 하루였다.

*   *   *

"괜찮으세요?"

세영은 병원에 와 있다. 넓은 개인실과 깨끗한 시설. 예전에는 상상할 수 없을 정도로 개선된 환경이다.

"그래. 하지만 여기는……."

"걱정하지 마세요, 어머니. 무리해서 이 병실에 있는 건 절대 아니니까."

말을 하기는커녕 의식조차 찾지 못하던 세영의 모친은 믿을 수 없을 정도로 회복된 상태였지만 여전히 그 안색은 창백하다. 대체 무슨 당부를 받은 것인지 병원의 간호도 극진했지만 백혈병이 그렇게 쉽게 나을 수 있는 병은 아니기 때문이다.

"그래 식사는 잘하고?"

"하하. 예전처럼 편의점 남은 음식 먹는 삶이 아니에요. 심지어 어제는 불고기를 먹었답니다!"

유쾌하게 웃는 세영의 모습에 그의 모친, 영란은 희미하게 웃었다.

"그래 잘 먹고 있다면 다행이구나. 하지만 괜찮은 거니? 누구인지도 모르는 사람한테 이렇게 신세를 지는 건?"

"솔직히 저도 정체를 모르겠지만……. 적어도 악의는 없어 보였어요. 아니, 설사 있다 해도 이 정도의 도움을 받으면서 불평을 하면 안 되겠죠."

"걱정스럽구나. 나 때문에 네 앞길이 흐려지거나 하면."

"괜찮아요, 어머니. 전 어머니를 위해 사는걸요."

차분하게 말하는 세영의 눈에는 작은 흔들림조차 없지만

그럼에도 영란은 안쓰럽다는 표정으로 세영을 바라보았다. 그녀는 불안했다. 적어도 그녀가 아는 상식에서 이만한 은혜를 조건없이 제시하는 경우는 별로 없기 때문이다.

"아… 미안하구나. 조금만 자도 될까?"

"네, 엄마. 무리하실 필요 없어요."

"그래. 식사는 절대 거르지 말고 일도 무리하면 안 돼. 건강이 제일이야. 알았지?"

힘겹게 말한 영란의 눈이 조용히 감긴다. 물론 그건 단순히 잠드는 것에 불과하지만, 그럼에도 세영은 가슴이 철렁했다. 그녀의 안색이 너무나 창백하다.

딸깍.

문을 닫고 나와 세영은 잠시 침묵을 지켰다. 영란의 몸 상태는 틀림없이 호전되었다. 백혈병이 이미 말기에 들어섰던 데다가 병에 걸린 영란 역시 나이가 너무 많아 백혈병을 이겨낼 만한 힘이 없었다.

고통에 신음하고 괴로워하는 그녀의 모습에 세영은 날마다 피눈물을 흘렸다. 밖에서는 그냥 어머니께서 조금 편찮으시다고만 이야기하며 유쾌하게 웃던 그였지만 점점 미쳐 가는 것을 느끼고 있을 정도였다.

"힘겹게 잡은 기회야. 놓치면 안 돼."

벌써 15레벨을 달성한 그다. 목표한 20레벨까지는 고작 5레벨이 남았을 뿐. 그러나 그는 느끼고 있었다. 15레벨을 넘어서면서부터 레벨마다 그 난이도가 급격하게 오르고 있다.

"좀 더 강해져야 해."

나직하게 중얼거리는 그의 주먹에서 핏방울이 맺힌다.

"좀 더 강하게."

＊　　　＊　　　＊

일어난 시간은 오전 일곱 시. 대충 차려서 아침을 먹고 예전에 사뒀던 소설책들을 읽으며 점심때까지 시간을 보냈다. 평소 보지도 않던 TV를 보다가 잠시 낮잠을 시도해 보았지만 전날 충분한 수면을 취했기 때문인지 잠도 오지 않았다.

"할 게 없다……."

그렇다. 할 게 없었다. 평소 이렇게까지 할 일이 없으면 온라인 게임 같은 거라도 했는데 디오를 플레이하고 나니 일반적인 온라인 게임은 시시해서 도저히 할 수가 없었다.

"아아, 언제 1월 1일이 오는 거야. 대체……."

하루가 너무 길다고 투덜거리며 침대 위를 굴러다녔다. 예전에는 수능이 끝나고 난 후 하고 싶은 일들을 잔뜩 계획해 뒀는데 지금은 모든 일이 시시해 보였다.

"수공이랑 마법들에 대해서나 생각해 둘까?"

일단 그런 생각이 들자 심심함이 사라졌다. 확실히 무학(武學)과 마학(魔學)은 그가 현실에서 배우고 익히는 공부와 비교할 수 없을 정도로 재미있고 즐거웠다. 물론 그 난이도는 상상을 초월할 정도지만 오히려 그랬기에 깊이 파고들 수 있었다. 무공을 수련해 상상도 못하던 움직임을 가능케 하거나 마법을 익혀 세계의 법칙에 간섭해 기적을 일으키는 과정은 그 자체만으로도 상당한 희열을 안겨준다.

휘익.

침대에 누워 양손만 부드럽게 움직여 자신이 알고 있는 수공들을 풀어내기 시작했다. 마리에게서 배웠던 대력금강수(大力金剛手)와 도서관에서 구입한 책에서 익혔던 밀종대수인(密宗大手印)과 무형인(無形刃). 그리고 오크 영웅 성묵의 검술을 변형시켜 만들었던 매화수(梅花手)까지.

그것들은 하나하나가 완성되어 있어 더 손볼 필요가 없는 무학들이었지만 애초에 같이 사용하라고 있는 무공들이 아니었기 때문에 연환해서 사용하기 위해서는 조금씩 손댈 필요가 있었다. 특히 매화수의 경우에는 매화검법의 특정 초식을 변형시켜 만든 것이기 때문에 아직 완성되었다고 말하기도 어려운 상태였다.

훅.

누워서 휘두르는 것치고는 제법 거센 기세로 손을 움직였다. 당연하게도 디오 속에서와는 다르게 내공이 없어 공허한 헛손질이지만 어차피 그의 눈은 자신의 손을 보고 있지 않았다.

'하울링 스펠은 아무리 서둘러도 보름 이내로 완성할 수 없어. 뭐, 어차피 수련의 방에서도 제작이 가능하니 시간 자체는 문제가 아니지만 노가다처럼 계속하면 금세 지겨워질 텐데.'

하울링 스펠은 그로서도 대단한 수준의 심력을 소모해야 만들어낼 수 있는 물건으로, 같은 일을 반복하는 걸 극도로 싫어하는 용노로서는 반복해서 만들긴커녕 같은 걸 두 개 만들기도 짜증스러운 대상. 물론 그렇게 만들어진 결과물은 실로 강력한 위력을 발휘하지만 아무리 큰 이득이 있어도 싫은 건 안 하는 게 그의 인생관이었다.

딩동~ 딩동~

"어, 누구지?"

용노는 침대에서 일어나 현관으로 향했다. 옷차림이 너무 대충이었던지라 근처에서 추리닝을 주워 대충 입었다.

"누구세요?"

"나."

"아, 뭐야. 은혜구나."

문을 열자 언제나 그랬듯 무감정한 표정을 짓고 있는 은혜가 집 안으로 들어섰다. 제법 날씨가 쌀쌀해져서인지 하얀색 파카를 입고 목에는 회색의 목도리를 두르고 있었는데, 175센티미터의 훤칠한 키에 늘씬한 몸매 때문인지 무슨 모델처럼 보였다.

"한가해 보이네."

"뭐, 특별히 대단한 일은 없으니까."

그렇게 말하며 아이스크림을 하나 꺼내주자 거부없이 받아먹는다. 물론 아이스크림을 먹으면서도 표정 하나 바뀌지 않은 은혜였지만 이미 그녀를 10년 이상 봐온 용노는 그녀가 그 아이스크림 하나에 행복해하고 있다는 걸 알고 있었다.

"옷걸이는 어디 있지?"

"별로 그런 거 안 키우는데. 옷이라면 그냥 소파에 걸어놔."

"대책없군. 집에 옷걸이 하나 없다니."

"그냥 입고 벗을 때마다 옷장에 넣어서 그래."

하지만 그렇게 말하면서도 의아해했다. 물론 실내 온도가 그리 낮지 않기 때문에 파카를 벗는다 해도 이상할 것 없지만 평소 그의 집에 들를 때 그녀가 겉옷을 벗는 경우는 거의 없었다. 왜냐하면 오래지 않아 다시 나가기 때문이었다.

"책들이 꽤 많네."

그리고 이런 식으로 말을 꺼낸 것도 처음이었다. 왜냐하면 그녀는 용건이 없으면 방문하지 않고, 방문하면 바로 용건을 말하는 성격이기 때문이었다.

"취미 삼아 모으다 보니 그렇게 됐어. 물론 대부분이 소설책하고 만화책… 응?"

별생각없이 중얼거리다가 은혜가 책장에 있는 책 중 하나를 꺼내 소파에 앉는 모습을 멍한 표정으로 바라보았다. 그녀가 고른 책은 추리소설이었는데, 용노가 멍한 표정으로 보거나 말거나 페이지를 넘기기 시작한 것이다.

차륵.

조용한 집 안에 책장 넘기는 소리만이 들렸다. 무슨 반응을 보여야 할지 감을 잡지 못한 용노는 한 5분간을 멀뚱히 서 있었다.

'…뭐지, 이 상황?'

의아해하며 은혜의 모습을 바라보지만 그녀는 그의 시선에 신경도 쓰지 않고 독서를 계속할 뿐이었다.

'아무래도 상관은 없지만.'

용노는 어깨를 한 번 으쓱거린 후 자신도 책을 하나 들고 소파 위에 앉았다. 굳이 위치를 말하자면 은혜의 바로 옆자리였지만 오랜 시간 알아온 사이이기에 어색함은 없었다.

차륵.

집 안은 고요가 지배하고 있다. 들리는 건 책장 넘기는 소리 뿐. 하지만 어쩐 일인지 용노는 그 분위기가 싫지 않았다. 은혜는 고개조차 들지 않고 자신이 들고 있는 책에 시선을 고정시켰고 그 역시 아무 말 없이 책만 보고 있었지만 오전에 책을 읽으며 느꼈던 따분함이 아닌 평온함이 주변 공기에 스며들어 있는 것 같았다.

'뭐, 그래도 책 자체는 따분하지만.'

그는 이미 책을 다 읽은 상태였지만 아무 페이지나 펼치고 읽는 척했다. 옆에서 조용히 책을 읽고 있는 은혜에게 말을 걸기도 애매한 분위기였기 때문이다.

'졸린걸……'

편안한 분위기였다. 또한 조용했다. 별로 피곤하지 않은데도 점점 눈이 감겨왔다.

'조금만……'

그렇게 생각하며 결국 용노는 눈을 감았다.

*　　　*　　　*

촤아악.

새파란 바다를 자그마한 소년이 헤엄치고 있었다. 만약 누가 그 모습을 봤다면 깜짝 놀라 어서 나오라고 호통을 칠 만한 광경. 그도 그럴 것이, 소년이 헤엄치고 있는 장소는 해수욕장이 아닌 방파제였고, 수위는 3미터를 넘어서는 곳이었다. 열 살도 채 안 되는 소년이 아니라 성인이라고 해도 헤엄을 쳐서는 안 되는 장소인데, 소년은 아무렇지도 않다는 듯 배영으로 몸을 띄운 채 발만 움직여 여기저기 움직이고 있었다.

"가급적 찌 근처로는 가지 말거라. 물고기들 도망갈라."

방파제에 있는 사람은 둘. 하나는 헤엄을 치고 있는 소년이고, 또 한 명은 방파제에서 낚싯대를 드리우고 있는 30대 중반 정도의 사내였다.

"헤에, 화 안 내세요?"

"화를 낸다고? 왜?"

"제가 헤엄치는 걸 본 어른들은 다 화를 내거든요. 위험하다느니 큰일 난다느니."

마음에 안 든다는 듯 볼을 부풀리는 소년의 모습이 귀여웠는지 사내는 살짝 웃었다.

"하하, 괜한 걱정들을 하는구나. 차라리 물고기가 빠져 죽는다는 게 더 타당할 것 같은데."

"그렇죠? 역시 그렇죠?"

소년은 반색을 하며 헤엄쳐 사내의 곁으로 다가섰다. 기뻤기 때문이다. 그가 헤엄치는 모습을 보고 그렇게 말해주는 어른은 처음이었다.

"이런. 꼬마야, 물고기들 다 도망가니 좀 조심해 주지 않으련?"

"물고기가 필요해요? 잡아다 드려요?"

어떻게 들으면 상당히 이상한 말이었다. 고작 열 살도 안 되는 꼬마가 바다에서, 그것도 자신 역시 헤엄치는 입장에서 물고기를 맨손으로 잡겠다 말하고 있는 것이니까. 하지만 사내는 전혀 신기하지 않다는 듯 고개를 흔들었다.

"단순히 물고기를 얻는 게 목표라면 굳이 이런 식으로 낚시를 하는 것보다 수산물 시장에서 사는 게 빠르단다. 이건 네 녀석의 수영처럼 이 자체가 목표인 행위니까."

그 말에 소년은 제자리에서 원을 그리며 뱅글뱅글 돌았다.

"헤에, 그럼 그게 재미있는 건가요?"

"재미? 재미라… 글쎄, 너무 오래해서 이젠 잘 모르겠구나."

사내는 허허롭게 웃으며 소년의 모습을 바라보았다. 소년이 헤엄치고 있는 곳은 바다. 때문에 파도가 계속해서 치고 있었지만 소년은 너무나 자연스럽게 물결을 타고 있었다. 수영을 한다고 하기보다는 마치 푹신한 이불 위에 누워 있는 것만 같은 모습이었다.

"어… 쳇, 돌아가야겠네요."

"왜지?"

"두 시 10분에서 15분 사이에 폭풍이 불기 시작할 것 같아요. 제가 제법 멀리서 와서 서두르지 않으면 어두워지기 전에 못 갈 수도 있거든요."

하지만 그렇게 말하면서도 소년은 사내의 눈치를 슬쩍 살폈다. 평소 이런 이야기를 한다면 어른들은 무슨 소리를 하느냐는 반응을 보이기 때문이었는데 뜻밖에도 사내는 고개를 끄덕였다.

"그렇구나. 비도 제법 올 것 같으니 사람들이 걱정하기 전에 들어가는 게 좋겠지."

"어? 아저씨도 [알] 수 있어요?"

깜짝 놀라 물어봤지만 사내는 단지 웃을 뿐, 말이 없었다. 하지만 어째서일까? 소년을 바라보는 사내의 눈에는 약간의 안쓰러움이 담겨 있었다.

"너는 정말 놀랍구나. 내 꽤 긴 시간을 살았지만 너 같은 녀석은 별로 본 적이 없을 정도다."

"칭찬인가요?"

"그래. 너는 정말 대단한 아이다."

"헤헤."

그의 목소리에 아무런 가식도 섞여 있지 않다는 걸 눈치챈 소년이 쑥스럽다는 듯 웃었다. 항상 이상하다는 시선과 꾸지람만을 받아오던 소년으로서는 이런 식의 칭찬이 처음이다.

"하지만 꼬마야, 멍청한 어른들은 네 대단함을 오히려 싫어할 수도 있겠구나."

"에? 대단하면 좋은 거 아닌가요?"

이상하다는 듯 반문하는 소년의 모습을 사내는 별다른 표정 없이 지켜보았다. 그리고 그때였다.

"그만 돌아가셔야 할 시간입니다, 선생님."

"어? 아저씨, 언제 왔어요?"

소년은 어느새 20대 초반으로 보이는 청년이 사내 옆에 서 있다는 사실에 깜짝 놀랐다. 왜냐하면 방파제는 시야를 가릴 것 없이 탁 트여 있는데도 그가 다가서는 모습을 못 봤기 때문이다.

"거, 성질도 급하구나."

"선생님."

청년의 재촉에 사내는 가볍게 한숨을 내쉬더니 낚싯대를 거둬들였다. 별다른 짐은 없었기에, 심지어 물고기를 담는 통조차 없어서 들고 갈 건 낚싯대뿐이었다.

"언제 한번 또 봤으면 좋겠구나."

"저도요. 아, 그런데 아저씨 이름이 뭐예요?"

"본명 말이냐, 가명 말이냐?"

이해할 수 없는 소리에 소년이 뚱한 표정을 지었다.

"가명 따위를 알아서 뭘 해요? 당연히 본명이지."

"하하, 생각해 보면 그렇겠군. 본명이라… 그래, 내 이름은……."

마치 머나먼 과거를 생각하는 것 같은 표정으로 그는 말했다.

"강상(姜尙)이라고 한다."

* * *

"……."

잠에서 깨어났을 때는 이미 상당한 시간이 지나 있었다. 시계를 확인할 필요도 없다. 꽤나 밝았던 거실에 어둠이 들어차 있는 시간. 창밖에 있는 가로등 불빛 때문에 완전한 암흑은 아니지만 아무리 겨울이라 해가 짧아졌다 해도 가로등이 켜질 정도면 이미 저녁 시간을 넘어선 상태일 것이다.

"……?!"

하지만 용노는 시야의 정면에 위치한 얼굴을 보고는 순간 굳어버렸다. 그의 앞에는 언제나와 마찬가지로 차분한 은혜의 얼굴이 들어차 있었다. 소파에 나란히 앉아 있던 용노가 어느새 그녀의 허벅지를 베고 누워 있는 것이었다!

"……."

"……."

잠깐의 침묵이 거실을 채웠다. 허벅지를 베고 누워 있던 용노가 눈을 떴음에도 표정 하나 변하지 않는 은혜와 현재의 상황을 잘 이해하지 못해 당황하고 있는 용노. 그리고 잠깐의 시간이 지났을까, 드디어 용노가 입을 열었다.

"화, 확실히 너 운동 많이 하긴 하는구나."

"왜?"

"허벅지가 무지하게 단단… 켁!"

은혜가 주먹 옆쪽으로 사정없이 안면을 내려찍자 용노는 고통의 신음을 토하며 괴로워했다. 어느새 은혜는 용노의 머리를 치우고 일어났다가… 다시 앉았다.

"엑? 어디 아파?"

"…다리 저려."

"하, 하긴 좀 오래 있긴 했지."

한쪽 무릎을 땅에 대고 있는 은혜를 부축해 소파에 앉혔다. 다행히 평소 운동을 꾸준히 해오던 은혜는 금세 문제없이 일어설 수 있었다.

"용노."

"응?"

"배고파."

그녀의 말에 거실 불을 켜 시간을 확인한 용노는 깜짝 놀랐다. 벌써 오후 열 시였다.

"맙소사, 내가 대체 몇 시간이나 자고 있던 거야?"

평소 잠을 충분히 자오던 그로서는 이해할 수 없는 사태였다. 침대에 누워도 잠이 안 올 판국에 소파에 앉아 불편한 자세로 잠이 들었다는 걸 믿을 수가 없었다.

"용노."

"응?"

"배고파."

"아! 잠깐만 먹을 것 좀 찾아볼게."

냉장고를 열어 음식 재료들을 살폈지만 안타깝게도 별다른 게 없었다. 물론 정말 아무것도 없는 건 아니지만 기껏 찾아온 손님한테 3분 요리나 라면 같은 걸 대접할 수는 없는 일이었다.

"에구, 별거 없네. 잠깐 마트 가서 뭣 좀 사 올 테니⋯⋯."

"나가자."

"에?"

뜻밖의 말에 용노가 멍한 표정을 지었으나 이미 소파에 걸쳐 있던 파카를 입고 현관문을 열고 있는 은혜의 모습에 황급히 외투를 걸치고 그녀를 따라나섰다.

이제 완연한 겨울에 들어선 거리는 싸늘한 공기로 가득 차 있었다. 어느새 12월 말이었다. 불과 며칠 전에 비가 오긴 했지만 옷을 얇게 입으면 견딜 수 없을 정도의 추위가 주변을 맴도는 시기.

하지만 어째서인지 거리에는 활기가 넘쳤다.

"어라? 이 시간에 사람들이 왜 이렇게나 많이 돌아다니는 거지?"

용노는 거리 가득 돌아다니고 있는 사람들의 모습을 황당한 표정으로 바라보았다. 물론 오후 열 시가 그리 늦은 시간은 아니지만 무슨 번화가도 아닌데 사람들이 이렇게나 많이 돌아다니는 건 이상한 일이었다.

'게다가 묘하게 연인들이 많아 보이는데… 착각인가?'

평소 외출을 잘 하지 않는 용노조차도 분명하게 느낄 수 있을 정도의 위화감이 거리에 가득했다. 무슨 축제라도 있는 것처럼 거리에는 평소엔 있지도 않던 포장마차라든지 좌판들이 잔뜩 늘어서 있었다.

"저거 먹자."

"꼬치구이? 배 많이 고플 텐데 좀 더 제대로 된 걸로……."

"사 와."

"네."

용노는 얌전히 고개를 끄덕이고는 꼬치를 굽고 있는 노점 주인에게 다가갔다.

"뭐 드시려고요?"

"닭 꼬치로 두 개 주세요."

"매운맛으로 드릴까요, 순한 맛으로 드릴까요?"

"순한 맛으로 주세요. 은혜야, 너는?"

"나도."

뒤따라온 은혜가 용노의 말에 고개를 끄덕이자 그제야 그녀의 모습을 발견한 노점 주인이 싱긋 웃었다.

"이야, 부럽네요. 오늘 같은 날에 저렇게 예쁜 여자 친구랑 같이 다니고."

"하하."

용노는 그냥 어색하게 웃었다. 물론 은혜는 여자 친구가 아니었지만 굳이 이런 상황에서 '아닌데요. 얜 그냥 친구예요'라고 반박하는 것도 우스운 일이었다.

'그나저나 오늘 같은 날?'

의아함을 느끼고 물어보려 했지만 먼저 양념이 다 된 꼬치를 받아 든 은혜가 이미 걷기 시작했다.

"감사합니다."

"그래, 좋은 밤 되세요."

손을 흔드는 노점 주인을 뒤로하고 용노는 은혜의 옆에 섰다. 이미 그녀는 꼬치구이를 한입 물어뜯은 채 우물거리고 있었다.

"그거 먹으면 따로 저녁 먹긴 힘들지 않아?"

"이미 많이 늦어서 많이 먹으면 살쪄."

"하긴 그것도 그렇겠다. 그럼 이제……."

"걷자."

"응?"

예상하지 못한 그녀의 말에 용노가 의문을 표하거나 말거나 은혜는 계속해서 걸었다. 그녀가 걷는 방향은 딱히 정해져 있진 않았지만 아무래도 사람이 뜸한 곳을 찾는 듯 점점 번화가에서 멀어져 갔다.

"……."

"……."

그렇게 둘은 잠시 걸었다. 서로 간의 대화는 없었다. 은혜는 원래 말이 없는 편이고, 용노는 왠지 모를 그녀의 달라진 분위기 때문에 아무 말 없이 곁에서 따라 걷고 있는 상황. 그리고 그때 용노의 콧잔등 위로 차가운 뭔가가 떨어져 내렸다.

"어?"

용노는 놀라 하늘을 올려다보았다. 그리고 소리쳤다.

"와, 눈이잖아? 이놈의 기상이변 때문에 올해가 다 가도록 눈 한 번 안 오나 했더니 결국 오네."

"……."

"첫눈이네. 내일 좀 질척거릴지도 모르지만 이런 게 좋아 보이는 걸 보니 내가 아직 어린 건가?"

"……."

용노는 한껏 혼자서 떠들다가 아무 말 없이 하늘을 바라보고 있는 은혜의 모습을 바라보았다. 그녀는 언제나 그랬듯 아무런 표정 없이 서 있었지만 어째서인지 용노의 눈에는 조금 쓸쓸해 보이는 모습이었다.

"…은혜야?"

"집을 나올 예정이야."

난데없는 말이었지만 용노는 그게 무슨 말인지 알 수 있었다.

"대학 때문에?"

"그래. 대학교가 좀 멀리 있어."

하지만 이해할 수 없는 말이었다. 용노와 은혜가 살고 있는 곳은 서울. 물론 대학교라는 게 서울에만 있는 건 아니지만 전국 어느 대학 어느 과라도 충분히 진학할 수 있는 은혜가 먼 학교를 가야 한다는 건 아무래도 이상한 일이었으니까.

"설마, 지방으로 가는 거야?"

"아니. 더 멀리."

"…외국?"

"응."

은혜는 고개를 끄덕였다. 그건 그녀가 고등학교에 입학할 때부터 계획하고 있던 일이었다. 너무나 긴 시간 동안 한 가지 목표만을 위해 달려왔기 때문에 이제 와서는 포기할 수도 없었다. 차라리 능력이 못 미친다면 상관없겠지만 그녀는 넘칠 정도로 충분한 능력을 가지고 있었다.

"그 이야기 때문에 찾아왔던 거야?"

"아니."

그렇게 말하며 은혜는 용노를 바라보았다. 겨우 이게 할 말의 전부였다면 여기까지 시간을 끌지도 않았으리라.

"그럼 다른 할 말이 있는 거야?"

"그래."

"그럼 말해줘."

용노로서는 당연한 말이었다. 아니, 오히려 그는 그녀가 겨우 말 한마디 하기 위해 이렇게나 시간을 끄는 상황 자체가 이해되지 않았다. 그녀는 언제나 직선적이었고 목표를 향해 최단거리로 달렸다. 망설임이라는 단어는 애초부터 가지지 않고 태어난 것만 같았으며, 1분 1초의 시간조차 낭비하지 않고 살아가는 종류의 인간인 것이다.

그런 그녀가 겨우 할 말을 하지 못하고 이 정도의 시간을 끌다니. 게다가 시간을 끌어서 그녀가 꺼낸 말은 평소 그녀를 보아온 용노로서는 상상할 수 없는 말이었다.

"싫어."

"응? 뭐가?"

"말하기 싫어."

"…왜?"

"또 도망갈 테니까."

작은 흔들림조차 없는 그녀의 눈동자가 용노를 바라보고 있었다. 그건 마치 잘 단련된 보석과도 같았다. 단지 차분히 있을 뿐인데도 눈을 뗄 수 없을 정도로 아름다운 눈동자. 용노는 도망친다는 게 무슨 뜻이냐고 묻고 싶었지만 그녀의 눈동자 앞에서 입조차 뗄 수가 없었다.

저벅.

그리고 그런 그의 앞에서 아무 망설임 없이 돌아서는 은혜. 용노는 반사적으로 그녀를 따라가려 했지만 은혜는 손을 들어 제지했다.

"따로 들렀다 갈 곳이 있으니 따라오지 마."

"뭐? 하지만……."

용노는 뭔가 더 말하려고 했지만 은혜는 그의 말을 가볍게 잘랐다.

"윤용노."

"왜?"

"메리 크리스마스."

"엥?"

전혀 예상하지 못한 그녀의 말에 당황해 멈칫하는 그를 두고 떠나가는 은혜. 그리고 자리에 남은 용노는 그제야 핸드폰을 꺼내 날짜를 확인했다. 12월 25일, 크리스마스였다.

"엉?"

모두가 축복받는다는 크리스마스. 하지만 그럼에도 용노는 아무도 없는 골목에서 멍한 표정을 짓고 있을 뿐이었다.

"여~ 메리 크리스마스! 아가씨 혼자야?"

골목을 걷고 있는 은혜를 향해 담배를 꼬나물고 있는 사내 하나가 음흉한 미소를 지으며 다가왔다. 어두운 밤, 아무도 없는 골목을 걷고 있는 미녀를 보고 음심이 동한 모양이었다. 게다가 술도 좀 마신 건지 몸에서 술 냄새가 진동을 했다.

"꺼져."

"어이구, 이쁜이. 까칠한데? 우리 여기서 이러지 말고 어디 가서 놀래? 축복받은 성탄절에 성인들이 홀로 외롭게 지내는 건……."

팡!

하지만 그렇게 말하는 순간 그가 입에 꼬나물고 있던 담배가 하늘로 날아갔다. 번개 같은 은혜의 발차기가 사내의 얼굴은 건들지도 않은 채 담배만 날려 버린 것이다.

"아… 니, 이런 싸가지없는 X이 어따 대고 발길질이야?"

그러나 현실은 무협지가 아니다. 상대방이 놀라운 기술을 보인다고 해도 '고수다!' 하고 알아서 꼬리를 마는 경우는 없는 것이다. 어차피 알아볼 안목도 없는 그들에게 강함의 판단 기준은 험악한 외모와 덩치뿐이니까.

"욕만 안 했어도 그냥 갔을 텐데."

"하하, 뭐가 어째? 아니, 어린 녀석이 겁도 없……."

뻑!

거기까지 말한 사내는 바닥에 쓰러졌다. 이번엔 손을 이용한 공격이었다. 물론 아무리 무술에 능하다 해도 주먹이 다칠 만한 속도였지만 그녀는 장저(掌底)로 사내의 턱을 후려쳐 의식을 잃게 한 것이다.

"한심해."

누구에게 하는 건지 모를 말을 중얼거리며 은혜는 다시 걸음을 옮겼다. 하늘에서 내린 눈이 소복소복 쌓이기 시작했지만 그 광경은 더 이상 그녀에게 감상적으로 다가오지 않았다.

"한심해."

결국 그녀는 말하지 못했다.

'같이 가자.'

말하지 못했다.

'나와.'

Chapter 17
탄생

"어서 오세요~!"

디오에 접속해 가장 먼저 본 것은 낯익은 얼굴이었다. 훤칠한 키에 늘씬한 몸매를 자랑하는, 하지만 그럼에도 어려 보이는 얼굴을 가지고 있는 백발의 소녀. 디오의 세계에 접속한 모든 유저들을 이끄는 인도자, 마리오넷 홀드(Marionnette Hold)였다.

"아, 마리. 마침 잘 만났다. 내 이마에 이거……."

"잠깐, 잠깐! 절 알아보시는 걸 보니 베타 테스터시네요."

마리는 오른 손바닥을 들어 자신에게 다가서는 멀린을 막아섰다. 이런 상황을 미리 상정해 두고 있었던 듯 재빠른 대처였다.

"절 알아보시는 걸 보니… 라니, 나 기억 안 나?"

"죄송하지만 가이드 NPC인 저는 클로즈 베타 때의 데이터를 전달받지 못했어요. 대신 본 서버의 NPC들은 당신을 기억할 테니 여기만 나서면 나머지는 똑같죠."

"기억이 없다니……."

멀린은 신음했다. 물론 디오가 현실이 아닌 가상의 세계라는 건 익히 알고 있는 사실이었지만 한 달이 넘는 시간을 함께한 소녀가 기억을 전달받지 못해 그를 못 알아본다고 말하는 건 꽤나 충격적인 일이었기 때문이다.

"어쨌든 베타 테스터시라면 2레벨 시험을 스킵할 수 있습니다. 스킵(Skip: '뛰어넘다' 라는 뜻으로, 어떤 설명이나 과정 등을 하지 않고 넘기는 것을 뜻한다)하시겠어요?"

"스킵하지. 귀찮게 또 하기도 그렇고."

> 레벨이 ㄹ로 상승하셨습니다!

> 아이템 사용 권한이 한 단계 상승합니다!

언젠가 기나긴 시간을 소비해 클리어했던 기본 미션을 순식간에 넘겨 버렸다. 물론 기본 미션을 직접 수행하지 않았기에 그 안에서 얻을 수 있는 아이템이나 경험치를 받을 수는 없었지만 이미 상당한 양의 경험치와 골드를 가지고 있는 멀린으로서는 아쉬워할 것이 없었다.

"자, 기본 미션은 이걸로 해결되었으니 프롤로그만 보시면 바로 디오의 세계로 가실 수 있습니다."

"프롤로그?"

이해할 수 없는 단어에 의문을 표하자 마리가 설명을 해주었다.

"말하자면, 디오의 세계관 설명이죠. 영상물 버전이랑 제가 직접 설명해 드리는 버전이 있는데, 어느 쪽이 좋으세요?"

"어떻게 다른데?"

"영상물 쪽은 리얼리티가 넘치고, 제 설명은 알아듣기 쉽죠."

"그럼 네가 설명해 줘. 굳이 게임을 어렵게 할 필요는 없겠지."

"알겠어요. 그럼 시작할게요."

그렇게 말한 마리가 딱, 소리가 나도록 손가락을 튕기자 주변 배경이 단숨에 어두워지고 사방에 작은 빛무리들이 떠오르기 시작했다.

"아……."

그의 앞에 있는 것은 거대한 푸른색의 별이었다. 실제로 본 적은 없지만 TV나 컴퓨터에서 많이 봐왔기에 생소하지 않은 광경. 멀린은 어이가 없어 헛웃음을 지었다.

"뭐야? 우주 공간?"

"예, 오빠가 알고 있는 지구 근처죠."

맞는 말이지만 멀린은 고개를 갸웃거렸다.

"세계관을 설명한다고 해놓고 왜 여기로 나와?"

"디오의 세계관은 굉장히 넓거든요."

그렇게 말하는 순간, 배경이 변했다. 하지만 그리 많이 변하지는 않았다. 그곳은 여전히 우주였으니까. 그러나 지구와 태양의 모습은 온데간데없고 생소한 행성들만 가득한 곳에는 그의 상상을 초월하는 광경이 벌어지고 있었다.

우오오오오—!!!

거대한 괴물이 포효했다. 그래, 괴물이었다. 마치 벌레의 모습을 닮은 그것은 주변 혹성들이 밀려날 정도로 무지막지한 힘을 뿜어내고 있었다.

"뭐, 뭐야, 저 크기는?"

무지막지하다. 대충 봐도 그 괴물의 옆에는 어지간한 목성에 가까운 크기를 가진 행성이 있었는데, 오히려 그보다 더 거대한 것이다. 그 외향은 아무리 봐도 생명체의 그것임에도 그 사실을 믿을 수 없었다. 애당초 생명체라는 게 이렇게나 거대하다는 게 말이나 되는 일인가?

우우웅.

그 무지막지한 괴물이 파리의 그것과 닮은 날개를 움직이는 것만으로 주위 행성과 혹성들이 갈기갈기 찢겨지고 파괴되었다.

공격을 한 게 아니었다. 괴물은 단지 거기 있는 것만으로도 주변을 모조리 부숴 버리고 있었는데, 그런 거대 괴물 주변에는 마찬가지로 무시무시한 외양의 괴물들이 벌떼처럼 새까맣게 몰려 있었다.

파칭.

그리고 반대편에는 휘황찬란한 빛이 자리하고 있었다. 그 중심에 있는 건 거대한 빛의 날개를 펼치고 있는 청발의 사내였다. 거대한 괴물과 마찬가지로 그의 곁에는 셀 수 없이 많은 숫자의 천사들이 우주를 가득히 채우고 있었다.

멀린은 몰랐지만 그건 수호(守護)의 대천사(大天使)라 불리는 라파엘(Raphael)이었으며, 거대한 괴물은 허공(虛空)의 마왕(魔王)이라 불리는 벨제부브(Beelzebub)였다.

"지금으로부터 400년 전 큰 전쟁이 있었어요. 물질계에서 살아가고 있는 생물들과 이름 지어지지 않은 자들, 흔히 언네임드(Unnamed)라고 불리는 이들에게서부터 시작된 전쟁은 천계와 마계, 초월자들과 비초월자, 그리고 죽은 자들과 살아 있는 자들의 전쟁으로까지 번졌죠."

거대한 날개를 가진 천사가 뿜어낸 빛줄기와 괴물이 뱉어낸 새까만 구름이 충돌함과 동시에 배경이 변했다. 이번에는 우주가 아닌, 어느 평원이었다. 거기에는 한쪽 날개만 쳐도 1킬로미터는 족히 넘어 보이는 새가 날고 있었는데, 언뜻 봐도 백 마리는 넘어 보이는 드래곤들이 포위진을 짜고 공격을 날리고 있었다.

쿠우!

세 개의 다리를 가진 거대한 새의 몸을 빗겨 맞은 드래곤의 숨결이 거대한 산맥 하나를 통째로 날려 버렸다. 브레스를 뿜어낸 드래곤은 다섯 개의 머리를 가지고 있었는데, 느껴지는 힘은 멀린이 얼마 전에 봤던 레드 드래곤 이그니스보다 압도적으로 강렬했다. 드래곤 중에서도 흔치 않다는 에이션트(Ancient) 급 노룡(老龍). 그런 드래곤이 100마리나 모여 있다니, 믿을 수 없을 정도였다.

핑!

시점이 변했다. 다시 우주였는데, 이번에는 그 시점이 터무

니없이 넓어서 은하계가 배경으로 보였다.

[장소를 옮기자. 이미 차원 전체가 엉망이야.]

인상을 쓰며 말하는 건 연두색 머리칼의 청년이었다. 건장한 체격에 시원시원하게 생긴 호남. 그에게서 그리 대단한 기세는 뿜어져 나오고 있지 않았다. 그가 서 있는 곳이 우주가 아닌 땅 위였다면 그냥 보통 사람으로 착각할 정도였다.

[안타깝군. 자네는 악신(惡神)이라는 단어가 뭘 뜻하는 줄 모르나?]

그리고 마주 서 있는 건 정체를 알 수 없는 '무엇'이었다. 안 보인다거나 하는 건 아닌데도 그 형체를 알 수 없는 무언가.

[마지막 경고다. 당장……]

[과연~ 과연~ 과연. 역시 너희들은 제정신이 아냐. 이미 명리를 초월한 우리들에게 집착이라는 건 장애나 다름없지. 묻겠다, 무신(武神)이여. 너는 아직도 필멸자들을 아끼고 사랑하는가?]

[큭, 네 녀석, 설……]

쿠우우―!

그리고 그 순간, 정체를 알 수 없는 무언가에게서 시작된 거대한 악의(惡意)와 연두색 머리칼의 사내의 몸에서 뿜어진 힘이 충돌했다. 물론 그 힘에 멀린이 압도되거나 하지는 않았다. 보이는 것은 단지 영상일 뿐이지 실제로 그 상황을 체험하는 것은 아니었기 때문이었지만 그럼에도 멀린은 신음했다.

"와……."

배경으로 보이던 은하계가 통째로 말려들고 있었다. 소리도 없고 충격도 없었지만 그 압도적인 스케일은 그야말로 숨이 막힐 정도다. 아니, 장난하는 것도 아니고 겨우 두 명이 공격 한 번 충돌시키는데 은하계가 말려들다니, 이게 대체 무슨 일이란 말인가.

"정말 해도 해도 너무하는구먼. 설마 저런 게 적으로 나오진 않겠지?"

"당연하죠. 저건 절대신. 그랜드 마스터도 고작 20레벨인 세계관에서 50레벨이 넘는 괴물 중의 괴물들이라고요. 그냥 세계관 설명과 '이런 존재들도 세상 어디엔가는 있다' 라는 설정을 보여주기 위한 영상이죠."

그렇게 마리가 말하는 순간 다시 배경이 바뀌었다. 이번에는 고대 신전을 연상시키는 거대한 건축물의 내부. 마리는 그 건물의 안으로 멀린을 안내하며 설명을 이어나갔다.

"전쟁의 피해는 무지막지했어요. 게다가 여기저기서 동시다발적으로 터졌기 때문에 중재할 만한 존재도 없었죠. 이 전쟁에서 죽은 마왕이나 대천사도 상당수였고 소멸한 신들도 기가 막힐 정도로 많아요. 하물며 그보다 격이 떨어지는 존재들이 얼마나 죽었는지는 말할 필요도 없고요."

"그럼 우주 전체가 멸망 직전까지 몰렸다는 거야?"

멀린의 질문에 마리는 어깨를 으쓱거렸다.

"전체가 멸망 직전까지 몰렸는지는 저도 잘 모르겠지만 거의 그 수준이라고 보시면 돼요. 당장 오빠가 지금 살고 있는 지구를 포함해 마흔 개 정도의 지구가 파괴되었거든요. 물론 느끼지도 못할 정도로 한순간이었고 하루도 안 돼서 복구되었지만… 어쨌든."

별로 중요할 것도 없다는 듯 심상치 않은 말을 내뱉는 마리의 모습에 멀린은 의아해했다.

"…우리들이 지금 살고 있는 지구? 마흔 개?"

"설정상요, 설정상. 여기 세계관은 현실도 포함하거든요."

"그래?"

뭔가 좀 이상하긴 했지만 멀린은 그냥 넘어갔다.

"자, 다 왔다."

"여긴 왜 온 건데?"

그곳은 일종의 신전이었다. 건물의 중앙에는 높이 5미터쯤 되는 여신상이 있었는데, 그 주위로 은은한 빛이 뿜어지고 있었다.

"어쨌든 설정은 이래요. 400년 전 있었던 전쟁으로 모든, 그러니까 사대 차원 전부가 커다란 타격을 입은 틈을 타 물질계의 존재들은 그들의 힘을 하나로 모은 단체, 통칭 [연합]이라는 기관을 만들어요."

"말하자면 공동 전선이라는 건가?"

"비슷하죠. 어쨌든 연합을 만들게 되면서 물질계는 다른 세계―신계(神界), 명계(冥界), 천계(天界), 마계(魔界), 영계(靈界)―에 어느 정도 저항할 수 있는 세력을 형성해요. 물질계 역시 전쟁으로 타격을 입긴 했지만 다른 세계들 역시 피해가 적지 않아서 동등한 입장으로 논의에 들어갈 수 있었던 거죠."

"그래서 결과는?"

"한시적인 평화, 그리고 약소하나마 규칙 역시 만들어지게 돼요. 완전하지는 않지만 전쟁이 끝나게 된 거예요."

그렇게 말한 마리가 고개를 돌려 여신상을 바라보자 여신상이 점점 밝은 빛을 내뿜기 시작했다. 그리고 마침내…….

"앗, 따거!"

"엄살은."

언젠가 한 번 나눴던 것 같은 대화와 함께 멀린의 왼쪽 손등 위로 푸른색의 문양이 그려졌다. 둥그런 원에 날개가 달려 있는 듯한 문양이었다.

"어쨌든 세계는 일견 평화로워진 듯 보이지만 점점 규칙을 어기는 존재들이 하나둘 늘어나게 돼요."

"규칙을 어기면 벌을 주면 될 일 아냐?"

"그 규칙이 그리 치밀하고 완벽하게 짜인 게 아니어서 대 단위 전투나 중급 신 이상의 힘을 가지지 않은 존재들에게는 큰 제재가 가지 않아요. 더불어 우주는 엄청나게 넓잖아요? 눈을 피해 규칙을 어기는 녀석들 역시 생겨나죠."

즉, 평화로워 보이지만 문제가 제법 많다는 말에 멀린이 물 었다.

"그래서 결국 그게 나랑은 뭔 상관인데?"

"오빠보다는 이 게임의 목적이랑 상관있죠. 이 게임의 목 표는 [정체된 세계. 그러나 악의를 가진 자들에 의해 약하고 힘없는 자들이 피해를 입고 있다. 이계에서 온 영혼들이여, 다시금 혼란스러워져 가기 시작하는 세계를 지켜라니까요. 아, 참고로 프롤로그를 영상물 버전으로 보시면 이 대사가 저 기 여신상에서 흘러나와요."

그녀의 말에 멀린은 그제야 알겠다는 듯 고개를 끄덕였 다.

"즉, 그 이계에서 온 영혼이라는 게 유저라 이거지?"

"그렇죠, 뭐. 정식 명칭은 패신저(Passenger)예요. 여행자라는 뜻이죠. 그리고……."

"아, 이제 됐어."

"……?"

마리가 두 눈 가득히 물음표를 띠자 멀린이 말했다.

"중요한 설명 다 했으면 이제 그만 게임 좀 하자. 그만 가면 안 돼?"

"흠… 뭐, 상관없죠. 여기서 원래 시스템 설명을 하지만 베타 테스터시니 이미 다 알죠?"

이 순간이 보너스 포인트에 대한 설명을 들을 마지막 기회라는 걸 모르는 멀린이 고개를 끄덕이자 마리가 가볍게 손가락을 튕겼다.

웅.

거짓말처럼 생겨나는 문. 하지만 그 정도 광경은 자주 봐왔던 멀린은 놀라지 않았다.

"그럼 잘 있어. 설명 고마워."

"네, 즐거운 게임 되시길."

딸깍.

멀린이 망설임없이 문 안으로 들어가자 문의 모습이 사라지고 기다렸다는 듯 주변 공간이 무너져 내리기 시작했다.

"흠, 하지만 왜 저 녀석에 대한 데이터가 없는 거지?"

가이드 NPC라서 클로즈 베타 때의 데이터를 전달받지 못했다는 건 사실 거짓말이었다. 그녀는 클로즈 베타 테스터 전부에 대한 기억을 가지고 있었으니까. 하지만 어쩐 일인지 그녀에게 멀린에 대한 기억은 없었다, 마치 누가 삭제하기라도 한 것처럼.

"베타 테스터인 건 맞는 모양인데… 모르겠다. 내 기억을 지웠다면 운영자들일 테니 관여하지 않는 게 좋겠지."

의욕없는 목소리로 중얼거리는 마리. 그리고 그와 동시에 세상이 어두워져 갔다.

*　　　*　　　*

한 번도 보지 못했던 환상의 세계 D.I.O.(Dynamic Island On—line)!

그 흥미진진한 섬에 오신 것을 환영합니다!

오늘은 여러분이 기다리시던 정식 오픈일! 하지만 귀찮아서 오픈 이벤트 같은 건 안 합니다. 공지도 올리기 싫었지만 정식 오픈에 따른 변경 사항이 있어 소개드립니다.

1. 퀘스트 시스템이 생성되었습니다.

퀘스트는 각 도시에 존재하는 '별의 신전'에서 수행할 수 있습니다. 퀘스트를 성공할 경우 보상을 받지만 실패할 경우 페널티를 받게 됩니다.

2. 승급 시험의 밸런스가 조정됩니다.

1) 승급 시험 시 요구되는 경험치가 대폭 상향되며 [전투] 관련 시험의 경우, 총 3회 성공하셔야 승급이 가능합니다. 중간 중간 10분의 휴식 시간이 주어집니다.

2) 5레벨 시험&퀘스트부터 언어에 대한 장애가 생깁니다. 특정 세계에 돌입해 대화를 나누게 될 경우 그 세계의 언어를 익히거나 통역기를 사용하지 않는 이상 상대방의 언어를 이해할 수 없습니다.

3. 코퍼(Copper)보다 낮은 단위인 아이언(Iron)이 추가됩니다. 가치는 1골드=10실버=100코퍼=1,000아이언입니다.

4. 아이디 표시 방식이 변경됩니다.

1) 유저의 경우 기본적으로 아이디가 흰색으로 표시되지만 설원 지대 등 흰색이 잘 보이지 않는 지형에 서게 될 경우 검은색으로 바뀌게 됩니다. 또한 NPC의 경우, 유저와 같은 방식으로 아이디가 표시됩니다만 말풍선으로 아이디가 꾸며짐으로써 표시됩니다.

2) 몬스터의 경우는 자신보다 매우 약하거나 비선공의 몬스터는 초록색, 약한 몬스터는 노란색, 동급의 몬스터는 파란색, 강한 몬스터는 보라색, 매우 강한 몬스터는 붉은색으로 표시됩

니다.

5. 영력의 성장 속도가 하향됩니다.

6. 디오 속 시간이 기존에 비해 두 배, 즉 현실에 비해 열두 배 빨라집니다. 현실에서 두 시간이 흐를 경우, 게임 속에서 24시간이 지나갑니다.

7. 몬스터들의 호칭이 다양하게 변화하며 칭호가 생성됩…….

거기까지 읽고는 멀린은 공지를 꺼버렸다. 나머지는 다 잡다한 이야기였다. 어차피 게임을 플레이하다 보면 하나둘 알게 되리라.

"그나저나 전투 시험은 세 번을 치러야 한다니……."

단발성 기술을 가진 유저들 때문에 생긴 시스템이었다. 당장 멀린의 금단선공만 해도 단번에 무지막지한 공격력을 낼 수 있는 대신 한 번 전력을 뽑어내면 한동안 전투 능력을 거의 상실하는 종류의 무공이니까.

물론 모든 유저들이 멀린 같은 경우는 아니지만 제로스나 아크처럼 장시간의 영창으로 강대한 위력의 주문을 사용할 수 있는 마법사라면 긴 시간 동안 준비한 후 전투해 임해 단한 번에 결판을 내버릴 수도 있기 때문에 조치를 취한 모양이었다.

> 심법(心法), 금단선공(金丹仙功)을 획득하셨습니다!

별생각없이 자연스럽게 금단선공을 운기하자 텍스트가 떠올랐다. 새삼스럽게 이런 말이 떠오른다는 건 방금 전까지 금단선공을 익히지 않은 상태였다는 뜻. 멀린은 자신의 오른쪽 손등을 살펴보았다. 당연하다는 듯 손등 위에 있던 보석은 없었다.

파직!

> 학파(學派), '세븐 쥬얼(Seven Jewel)'을 획득하셨습니다!

손등 위에 마법진이 떠오름과 동시에 텍스트가 떠올랐다. 하지만 느껴지는 마력은 극히 미미했다. 내공 역시 하찮은 수준이었다.

"와, 능력치가 장난 아니게 떨어졌는데?"

멀린은 황당해하며 상태창을 열었다.

Status		
타이틀 : 없음	직업 : 평민	
아이디 : 멀린	레벨 : 1	(9급)
상태 : 정상	속성력	

스태미나:		20/20	火	0/보통	時	0/보통
영력:	5/5年	10/10 Tetra	水	0/보통	空	0/보통
생명력 : 20	항마력 :	20	土	0/보통	毒	0/보통
근 력 : 20	정신력 :	20	風	0/보통	光	0/보통
체 력 : 20	내 공 :	10	雷	0/보통	暗	0/보통
	마 력 :	10	木	0/보통	無	0/보통
재생력 : 20	집마력 :	20	소속 :			없음
순발력 : 20	행 운 : 10(吉)		운용 :			금단선공 1성
경험치		17,808혼		세븐 쥬얼 언노운(Unkown)		
소유금액 :		10G 2S 20C	선행 : 24		임무 : 없음	

"쳇, 속성력도 다 사라졌잖아? 분위기를 보아하니 스킬 랭크도 리셋인 모양이네."

멀린은 투덜거리며 발걸음을 옮겼다. 처음에는 휑하던 스타팅이지만 여기저기서 마법진이 생겨나고 유저들이 쏟아져 나오기 시작했다.

"오랜만이구나~! 내가 여기 얼마나 오고 싶었는지!"

"아직 신규 유저들은 시험 중이지?"

"으악! 능력치가 리셋돼서 하늘을 날 수가 없어!"

쏟아져 내리는 건 하나도 빠짐없이 클로즈 베타 테스터들이었다. 그도 어쩔 수 없는 것이, 2레벨 시험을 스킵할 수 없는 신규 유저들은 조금 더 시간이 지나야 스타팅에 입성할 수 있으리라.

"일단 레벨 업부터 해야지."

"아, 맞다. 뭐, 내 실력이 어디 가지는 않았지만 그래도 능력치가 너무 낮아서 참을 수 없어. 아이템도 죄다 못 끼잖아?"

그렇게 중얼거리며 여기저기서 각자 손을 움직여 차원의 틈을 열기 시작했다. 당연한 말이지만 그건 승급 시험에 돌입하기 위한 문이었다.

"아, 그러고 보니 나도 레벨을 올려줘야 하나?"

물론 레벨 업 시 보너스 포인트가 있다는 걸 모르는 멀린이지만 그게 아니더라도 레벨은 높은 게 좋았다. 레벨별 능력치 제한도 문제지만 그보다는 장비 착용에 문제가 생기기 때문이다.

"어디 보자… 일단 미스릴 플레이트는 한 개도 못 입는군."

미스릴 풀 세트는 모두 7급 무기로서 3레벨 이상이 되어야 사용할 수 있는 아이템. 하지만 안타깝게도 미스릴 풀 세트 레벨이 되어도 사용할 수 없었다. 근력 50포인트라는 능력치 제한에 걸리기 때문이다.

"…아니, 잠깐. 타이틀 변경."

타이틀이 여의수신(如意水神)으로 변경됩니다!

텍스트와 함께 비실비실하던 몸에 힘이 들어가는 게 느껴졌다. 생명력과 근력, 그리고 체력을 각각 150포인트씩 올려주는 이 사기 타이틀은 흔히 마스터 타이틀이라고 하여 모든 유저들이 수련에 정진하게 만드는 목표 중 하나다.

"좋아, 이제 3레벨만 되면 미스릴 풀 플레이트 세트랑 미스릴 보우는 쓸 수 있겠군. 다만 데케이안의 각궁은 필요 능력치가 300이니 아직 어림도 없겠고… 일단 장비 1번."

> 금단선공(金丹仙功)이 2성에 돌입하셨습니다!

떠오르는 텍스트를 무시하고 일단 복장을 변경했다. 초보자용 상하의를 계속 입고 있기도 어색했다.

> 사용자의 레벨보다 높은 수준의 마법 물품입니다. 물품이 가진 기능이 작동하지 않습니다.

"엉? 어째서? 이건 초보자용 마법사 복장… 아, 맞다. 내가 강화했지."

푸른색이었던 마법사 복장은 붉은색으로 변한 지 오래였다. 티라노사우루스의 피를 가공한 액체에 담가 흡수시켰기 때문인데, 조금 더 무거워졌다는 단점이 있긴 했지만 덕택에 몇 개의 주문을 새겨 넣을 수 있었으며, 칼날조차 잘 박히지 않는 튼튼함을 가지게 되었다. '수련 마법사 로브'에서 '마법사 로브'로 명칭이 변하며 7등급으로 상승한 것이다. 마찬 가지로 그가 끼고 다니던 위칼레인의 반지도 등급이 높아져 염체가 나올 생각을 안 했다.

"저기요, 멀린님."

"아, 네?"

난데없이 말을 거는 검사의 모습에 깜짝 놀라 답하자 그가 멀린의 뒤쪽 땅을 가리켰다.

"저기, 저 알 떨어뜨리셨는데요."

과연 그의 뒤에는 농구공보다 조금 더 커 보이는 알이 떨어 져 있었다. 염체가 들고 있어야 하는 상황에서 위칼레인의 반 지(6급)가 작동하지 않자 바닥에 떨어진 것이다.

"아차, 감사합니다. 깜빡했네요."

"뭘요. 즐겜하세요."

바스타드 소드를 한쪽 허리에 매고 있는 유저가 사람 좋게 웃으며 멀어지는 걸 확인한 멀린은 바닥에 떨어져 있는 알을 주워 들었다. 알의 위에는 [멀린님의 아이템]이라는 글자가 떠 있었는데, 알이 멀린의 손에 들리자 사라졌다.

"뭐, 50포인트까지는 아직 30포인트나 남아 능력치 제한

걱정은 멀었지만… 플레이트 세트도 그렇고, 마법사 장비 세트도 그렇고… 무엇보다 이 알을 계속 들고 다니지 않으려면 적어도 4레벨은 찍어야겠군. 그럼 망설이지 않고 시험의 방!"

그렇게 외치며 손을 내젓자 허공에 틈이 열렸다.

"진입."

지정된 명령어와 함께 — 자의 틈이 ＋ 자로 갈라지더니 텍스트가 떠올랐다.

> 시험의 방에 진입합니다. 3ㅁ초 동안 이동할 수 없습니다. 적에게 공격당할 수 있으니 주변이 안전하지 않다면 진입을 취소하시고 대응하길 바랍니다.

"아차차, 금단선공 외계들도 얼른 열어야지. 여러모로 바쁘겠다."

멀린이 중얼거리며 틈 안으로 걸어들어 감과 함께 차원의 틈이 닫히고 그의 모습은 거짓말처럼 사라져 버렸다.

*　　　*　　　*

차르릉.

발걸음에 따라 바닥을 굴러다니던 십여 개 정도의 금화가 사막에 쌓여 있는 모래알처럼 발에 쓸려 나갔다. 금화에 파묻혀 있는 무구들은 하나같이 상당한 힘을 가진 마법기들이며 방 한가운데에 떠서 붉은빛을 흩뿌리고 있는 것은 궁극의 마정석이라 불리는 드래곤 하트(Dragon Heart)였다.

"맙… 소사, 4천 골드?"

하지만 아더에게는 마법기나 드래곤 하트의 모습은 보이지 않았다. 그의 눈에 보이는 것은 오직 돈. 그러니까 골드뿐이었다.

"4천 골드라고 하면… 2억? 엑? 잠깐 말도 안 돼. 계산을 다시… 아니, 계산할 것도 없이 1골드에 5만원이니 2억이 맞잖아? 제정신인가?"

이건 몬스터 하나 잡았다고 넘겨줘선 안 되는 수준의 금액이었다. 물론 그가 처치한 레드 드래곤은 정말 강력했고, 다시 잡으라고 하면 못한다고 도망갈 준비를 할 정도지만 아무리 그래도 몬스터 한 마리 잡았다고 2억이라니?

심지어 레드 드래곤 이그니스를 쓰러뜨릴 때의 생존자가 그 혼자만도 아니었다. 크루제 역시 살아남았던 것이다. 물론 최종적으로 이그니스를 처치한 아더 쪽이 기여도가 높아 드래곤 하트 역시 그에게 넘어왔지만 골드는 비슷한 수준으로 나뉘어졌다.

"이, 이럴 게 아니라 얼른 현금으로 바꾸지 않으면……."

평생 가난하게 살아온 아더는 그야말로 정신적인 충격에 비틀거리면서도 바닥에 떨어져 있던 금화를 모조리 인벤토리로 옮겼다. 두 손이 덜덜 떨리는 건 리셋으로 인해 능력치가 사라졌기 때문만은 분명 아닐 것이다.

"하지만… 확실히 보통 게임은 아냐."

문을 닫자 문이 절반으로, 절반으로, 다시 절반으로 접혀들더니 손바닥에 쏙 들어오는 카드로 변했다. D형 하우징 카드. 이것 역시 보상 중 하나였다. 원래 아더는 하우징 카드가 없었다.

"확실히 이상하지. 이런 정체불명의 단체가 나타나 정체불명의 게임을 파는데 각국 정부들이 너무 쉽게 허가를 내주는 것 같기도 하고."

아더는 디오가 정식 서비스를 하기까지 좀 더 진통이 있을 거라고 생각했다. 가상 현실이라는 건 보통의 사람들이 쉽게 상상할 수 없는 서비스이고, 이어폰만 있으면 접속할 수 있다는 디오의 시스템은 현대 인류의 과학기술을 분명하게 넘어서는 수준이었다. 물론 디오의 재미와 중독성은 대단한 수준이니 사람들이 하고 싶어하는 건 당연했지만 그래도 정부 차원에서 규제가 전혀 없는 건 이상한 일이었다.

"뭐, 내가 정부 문제까지 걱정해 줄 필요는 없겠지만."

어쨌든 돈은 충분했다. 받은 골드도 골드지만 경험치도 어마어마했다. 만약 예전이었다면 15레벨까지 논스톱으로 달려갈 수 있을 만한 양이었지만.

"10레벨까지도 빠듯해. 장난이 아닌데?"

안타깝게도 인생은 그리 만만하지 않았다.

*　　　*　　　*

"3레벨 시험을 보는데 700혼, 4레벨 보는 데에는 1,500혼?!"

클로즈 베타 때는 70혼, 150혼이었다는 걸 기억하는 멀린은 황당하다는 표정을 지었다. 크게 상향되었다는 말을 공지에서 본 것 같기도 하지만 아무리 그래도 열 배나 뛰다니!

"다이어 울프가 10혼 주는데 700혼이라……."

게다가 레벨이 높아지면 높아질수록 승급 시험에 소모되는 경험치가 급격하게 높아졌던 걸 감안할 때 이제 고레벨 시험에서는 그야말로 상상을 초월하는 경험치를 요구하리라.

"이제 경험치 모으는 시간 때문에 실력이 있어도 순식간에 레벨을 올리는 건 불가능하겠군. 게다가 실패라도 하면 그 타격이 클 테고."

생각해 보면 승급 시험의 합동전투에서 받은 경험치만으로도 재도전이 가능했던 예전이 오히려 이상했던 것이다. 아무리 시험으로 레벨을 올린다지만 요구하는 경험치가 너무 적으니 별다른 부담 없이 승급 시험에 도전해 왔던 것이다.

심지어 그 경험치가 적어 유저들이 한두 번만 죽어도 리셋을 하는 광경이 일반적이었던 상황. 아무래도 베타 테스트라는 특성상 긴 시간이 없기 때문에 필요 경험치를 줄였던 모양이다.

> 레벨이 4로 상승하셨습니다!

> 아이템 사용 권한이 한 단계 상승합니다!

> 능력치 제한이 2000포인트까지 상승합니다!

4레벨까지 가는 데에는 그리 긴 시간이 걸리지 않았다. 합동전투에서 파트너를 구하기도 어렵지 않았다. 이미 경험치를 가지고 있는 베타 테스터들이 미친 듯이 레벨을 올리고 있었기 때문에 고작 한 시간 만에 멀린은 4레벨을 찍고 위칼레인의 반지를 활성화시킬 수 있었다.

"오케이. 이제 됐다. 들어!"

훙.

말과 함께 멀린의 손에 들려 있던 알이 허공으로 떠올랐다. 사실상 레벨을 이렇게 급하게 올린 건 바로 평소 알을 들고 다니던 위칼레인의 반지 때문이었다. 펫이 태어날 것으로 예상되어 버리지도 못하는 정체불명의 알은 어쨌거나 생명체라서 인벤토리에도 안 들어가는 애물단지. 위칼레인의 반지에 머물고 있는 염체가 아니라면 직접 들고 다녀야 하는 것이었다.

"좋아, 이제 그만 바다로 가자."

그리고 레벨을 다 맞추기가 무섭게 멀린의 발걸음이 남쪽으로 향하기 시작했다. 이미 위칼레인의 반지가 활성화된 이상 그는 경험치나 골드를 모을 생각도, 스킬 랭크를 위해 수련을 할 생각도 없었다.

"내공은 5년뿐이지만 차차 쌓이겠지. 외계(外界)도 지구까지 개척했으니 증폭도 여덟 배나 되서 순간 전투력도 괜찮을 테고."

급할 건 없다는 게 그의 생각이었다. 예전 강에서 바다까지 헤엄치는 동안 체력이 오른 것처럼 수영을 계속하다 보면 체

력도 상승할 것이고, 금단선공을 운용하다 보면 내공도 늘어
날 것이다. 지금 그의 관심은 성장과 전투가 아닌 모험 쪽인
것이다.

"그 레드 드래곤 녀석, 분명 노이지 벨트에서부터도 훨씬
남쪽에서 날아왔었지?"

과연 어디에서 날아왔는지 궁금했다. 게다가 머메이드들
의 말에 따르면, 머나먼 남쪽에 대륙이 있다고 했다. 어쩌면
그곳은 다이내믹 아일랜드만 한 크기의 필드가 있을지도 몰
랐다.

"좋았어! 그럼 신대륙을 발견하러… 응?"

순간 띠링! 하는 소리와 함께 텍스트가 떠올랐다.

'전갈' 님께서 귓속말을 사용하셨습니다. 응답하시겠습니까?

"어라? 전에 그 네크로맨서 형이잖아? 무슨 일이지?"

의아해하면서도 일단 수락하자 마치 텔레파시처럼 머릿속
으로 목소리가 들려왔다. 그리고 대뜸 물어왔다.

[너, 레벨 몇이야?]

"아니, 갑자기… 일단 4레벨이요."

[오케이. 다행이다. 지금 빨리 별의 신전으로 와줘. 35명이
애타게 너 기다린다.]

"네? 갑자기 무슨 말……."

귓속말이 종료되었습니다.

하지만 미처 물어볼 것도 없이 연결을 끊어버리는 전갈. 말
그대로 난데없는 일이었다.

"게다가 별의 신전이라면… 아, 맞다. 그 퀘스트 준다는 곳
이었지."

어렴풋이 공지사항에서 봤던 단어라는 것을 떠올리며 왼
쪽 눈으로 양 눈을 가렸다. 맵을 불러오기 위함이었다.

"다행히 별로 멀지는 않네."

하지만 급할 게 없던 만큼 느긋하게 걷기 시작했다. 애초
에 무슨 상황인지 이해도 못하고 있는 상태인 그가 서두를
이유가 없지 않은가. 하지만 그 순간 고함 소리가 터져 나왔
다.

"뛰어라―!!!!!"

"악! 시간 간다! 누구신진 모르겠지만 빨리 와요!!"

"뭐, 뭐야?"

무슨 거대 괴수가 소리 지르는 것 같은 포효와 뒤이어 날아
드는 텔레파시에 깜짝 놀란 멀린은 달리기 시작했다. 내공이
너무 적어 경공을 쓸 수 있는 상황은 아니었지만 여의수신 타

이틀로 인해 근력, 체력, 생명력이 각각 170포인트인 멀린은 육체적인 힘만으로 달리는 전력 질주로도 100미터를 5초대에 주파할 수 있었다.

"오케이. 왔다!"

"세인님, 다 모였어요. 4레벨 유저 36명!!"

무거운 강철 중갑을 걸친 사내, 아돌의 말에 허리 아래까지 내려가는 기다란 금발의 사내가 묘한 표정을 지었다.

"와우, 서버 열린 지 30분도 안 되었는데 4레벨 유저 36명을 모아오다니. 이게 그 뭐냐… 아, 뭐더라… 아, 그래. 물욕 버프라는 건가요?"

"아, 빨리요!"

"흠, 좋습니다. 하지만 아시죠? 하드코어 버전은 성공하면 보상이 큰 대신 실패하면 페널티를 받는다는 거."

"알겠으니까 빨리 출발!"

"사람들 참, 이렇게 여유가 없어서야."

금발의 사내가 그렇게 말하며 무슨 책상 비슷한 곳으로 가더니 계기판을 조작하자 별의 신전 중앙에 있던 홀에 커다란 게이트가 열리기 시작했다. 그 위에는 숫자가 있었는데, 10, 9, 8, 7… 하고 점점 줄어들고 있었다.

"5초밖에 안 남았어!"

"빨리 좀!"

그리고 그 순간 게이트가 열렸다. 시간은 아직 2초가 남아 있었다.

"달려!"

무시무시한 기세로 35명의 유저가 게이트로 뛰어들었다. 멀린은 돌아가는 상황을 파악하지 못해 당황했지만 일단 그들을 따라 게이트로 들어갔다.

웅!

그리고 배경이 변했다. 도착한 곳은 뭔가에 불탄 듯 잔뜩 그을려 있는 평원이었는데, 멀리 거대한 성이 보였다.

"공성전인가?"

"반대 같은데? 성이 괴물로부터 공격당하고 있어."

"퀘스트 확인해 봐."

신속하게 주변을 경계하며 자세를 가다듬는 그들의 말에 멀린은 퀘스트 창을 열었다.

Mission

[단체전]

제한시간 : 01:59:46

목표 : 어스 가드 성을 지켜라.

명계에서 탈출한 악마 레오나르가 집행자들과의 전투에서 흘린 피로 대량의 언데드가 발생했다. 이들의 전염력은 매우 빠르며 인간을 먹으면 먹을수록 더 강해지니 초반에 제거해야 한다.

약탈 허용 / 대상 : 언데드 전원. 그다지 빼앗을 것도 없겠지만.
미니맵 가동 / 주요 인물 표시. 언데드 위치 표시
하드코어 / 피해자 1,000명 이하. 성주 '라울' 생존.

"뭐, 저런 대규모 전투에 피해자 1,000명 이하? 게다가 라울이라면 맨 앞에서 싸우는 저놈이잖아?!"

"목숨 걸고 가자! 성공하면 3,000혼! 실패하면 마이너스 500혼이야!"

외침과 함께 맨 먼저 돌진한 건 상의를 벗고 있는 근육질의 사내, 한마였다. 언데드들은 난데없이 달려드는 한마를 향해 이빨을 들이밀었지만 한마는 신경 쓰지 않고 그대로 달려들었다.

콰과과과!!!

무슨 교통사고의 한 장면 같았다. 한마를 향해 달려들었던 언데드들이 볼링핀처럼 사방으로 튕겨 나간 것이다. 그야말로 압도적인 위용이었지만 언데드의 숫자는 언뜻 1만 마리가 훌쩍 넘어 보였다. 물론 공성전을 펼치고 있는 병사들의 수도 5천이 넘어 보이지만 피해자가 1,000명 이하여야 한다니 되도록 유저 쪽에서 많은 숫자를 쓰러뜨려야 했다.

"아돌."

"오케이. 여러분! 여기 이 녀석 누군지 아시죠! 최소 네 명은 더 남아서 방어진 구축해 주시고 나머지는 적을 헤집어주세요!"

아돌의 외침과 함께 제로스가 주문을 외우기 시작했다. 당연한 말이지만, 전원 베타 테스터인 유저들은 세 번의 공성전을 통해 제로스가 사용하는 주문이 얼마나 강력한지 익히 알고 있었기에 잔말없이 방어에 능한 이들이 그 주위에, 공격에 능한 이들이 사방으로 튀어나갔다.

"흠, 하지만 아직도 이 상황이 뭔지 모르겠단 말이지."

그리고 그런 상황에서 멀린은 잠시 고민했다. 솔직한 이야기를 하자면, 그는 지금 이 퀘스트를 왜 하고 있는지도 모르고 있었다. 분위기를 보아하니 승급 시험의 전투와 비슷해 보이기는 한데, 그야말로 갑자기 불러와서 참가한 거라 어안이 벙벙했다. 하지만 그렇다고 다 싸우는데 혼자 멍하니 있을 수도 없는 일이 아닌가.

"에라, 모르겠다. 퀘스트라니 클리어하면 보상 주겠지, 뭐."

"좋아, 좀 더 시선을 우리 쪽으로… 어? 넌 어디가?"

멀린이 성 쪽으로 달려가자 검을 들고 있던 유저 중 하나가 의아한 표정을 지었다. 마법사 복장을 하고 있는 멀린이 앞으로 나가자 당황하는 거였지만 멀린은 장비 변경으로 미스릴 활을 불러내자 멈칫한다. 일반적으로 활은 직접 계통 유저들이 사용하는 무기이기 때문이다.

"성으로 갈 거예요."

"왜?"

"높은 곳이 좋거든요."

멀린의 말에 사내는 고개를 끄덕였다. 확실히 활을 든 마법사라면 원거리 공격에 특화되었을 것이다.

"그런데 성벽 올라갈 수 있어? 15미터는 넘어 보이는데?"

"충분해요!"

그렇게 소리치며 달렸다. 물론 달리는 것 자체는 체력이었지만 아무리 170포인트의 근력과 체력이라 해도 15미터짜리 성벽을 단숨에 올라가는 건 불가능했다. 7~8미터라면 어떻게든 가능할 테지만 성벽은 그 두 배가 넘는 높이인 것이다. 그러나…….

웅.

1년의 내공이 움직였다. 현재 그의 내공이 고작 5년에 불과하다는 것을 생각하면 결코 무시할 수 없을 정도의 내공이었지만 아까워하지 않고 쏟아부었다. 1년의 내공은 제1계 수성에서 2년의 내력으로, 제2계 금성에서 4년의 내공으로, 제3계

지구에서 8년의 내공으로 증폭된다.

팡!

멀린의 몸이 화살처럼 솟구쳤다. 한 호흡의 진기로 10장을 뛰어오른다는 어기충소(御氣沖宵)의 신법!

"우왁?! 너 뭐야?!"

"마, 말도 안 돼. 그걸 한번에 뛰어올라 왔어?!"

"마법사다!"

병사들이 기겁하거나 말거나 가볍게 호흡을 조절해 내기를 다스렸다. 금단선공은 어느새 2성에 도달해 있었다. 이미 한번 7성의 경지에 도달했던 멀린이기에 성장 속도가 매우 빨랐다.

신법 스킬을 획득하셨습니다!

떠오르는 텍스트를 무시하고 몸을 일으켰다. 어느새 주위에는 상당한 병사들이 모여 있고, 백색 플레이트 아머를 걸친 사내가 그의 앞에 서 있었다. 머리 위에 [어스 가드의 성주, 라울 크라이]라고 쓰여 있는 걸 보니 호위 대상인 모양이었다.

"네 녀석은 뭐냐? 언데드는 아닌 것 같은데. 저 밖의 녀석들과 한편인가?"

"네. 길을 지나던 중 위험해 보여 도와드리러 왔습니다."

"길을 지나던 중이라고? 네 녀석, 그걸 지금 말이라고……"

크오오오오─!!

그때 언데드 쪽에서 거대한 괴물이 몸을 일으켰다. 시체들이 한곳에 잔뜩 뭉쳐져 만들어진 일종의 플래시 골렘(Flesh Golem:시체들을 뭉쳐 만든 골렘)이었는데, 그 덩치가 10미터를 넘어섰다.

"저, 저게 뭐야?!"

"괴물이다!"

그 끔찍한 모습에 병사들이 비명을 질러댔다. 놀라기는 멀린도 마찬가지였다. 본 골렘은 몇 번 봤어도 시체들을 뭉쳐 만든 골렘은 멀린으로서도 처음이었다. 생긴 게 너무 혐오스러워서 유저들이라면 아무리 강력해도 쓰지 않을 만한 물건이었다.

"이런 제길, 저 녀석이라면 여기까지 손이 닿겠는데?"

더 망설일 시간이 없다는 생각에 인벤토리에서 마법이 걸려 있는 단창을 꺼냈다. [궁술 스킬을 획득하셨습니다!]라는 단어가 떠올랐지만 신경 쓸 상황이 아니다.

"잠깐. 너희들 정체를 아직 모르는데 함께 싸울 수는……"

"도와주러 왔습니다. 지금 찬밥 더운밥 가릴 처지가 아니지 않습니까?"

순간 '찬밥 더운밥은 과연 어떻게 번역될까?' 하는 의문이 언뜻 들었지만 그보다 플래시 골렘의 공격이 더 빨랐다.

쿵!

강력한 충격과 함께 화살을 쏘고 돌을 굴리던 병사들이 우르르 쓰러졌다. 다행히 튼튼히 만들어진 성벽인 듯 무너지거나 하지 않았지만 여기저기 금이 가기 시작한 것이 같은 공격을 계속 받으면 위험할 듯했다.

"공격을 늦추지 마라! 성벽이 무너지면 우린 모두 죽은 목숨……."

후웅.

뒤로 잠시 물러섰던 플래시 골렘이 성벽을 향해 달려들며 하늘 높이 들어 올렸던 주먹을 내리찍었다. 10미터짜리 괴물이 벼락처럼 공격해 들어오자 한순간 몸이 굳어 움직이지도 못하는 라울과 병사들. 하지만 그 순간 플래시 골렘의 오른쪽 다리를 향해 불덩어리 하나가 날아들었다.

콰앙—!!

날아든 것은 사람 머리통만 한 크기의 불덩이에 불과했지만 그 위력은 무지막지했다. 10미터가 넘는 플래시 골렘의 몸이 3분지 1이 날아가 버리며 통째로 무너져 내렸다.

"뭐, 뭐야, 저 마법?"

"저렇게 강력한 마법이라니."

기막혀 하는 병사들을 보며 멀린은 라울을 바라보았다. 라울은 멍한 표정을 짓고 있다가 멀린의 시선을 느낀 듯 고개를 돌렸다.

"도움 필요하죠?"

"…좋다. 질문은 나중에 하지."

"전체 채팅! 모두 성벽 위로 올라와요!"

멀린은 그렇게 소리치고 성벽 위에 섰다. 멀린의 말을 들은 것인지 유저들이 한 덩어리로 뭉쳐 성벽으로 접근하기 시작했다. 좀 전에 유저들에 의해 큰 피해를 입은 언데드들은 그 모습에 위기감을 느낀 듯 이내 개미 떼처럼 몰려들기 시작했다.

"뭐 해요! 화살 쏘라 그래요!"

"큭. 뭣들 하냐! 쏴라!"

라울의 명령과 함께 몸을 수습한 병사들이 공격을 개시했다. 물론 몸에 화살 한두 개 박힌다고 해서 쉬이 전투 불능에 빠지면 언데드가 아니겠지만 병사들도 그걸 알고 있기에 불화살을 쏘아댔다.

"좋아. 나는 저격을 해야지."

멀린은 몇 개 남지도 않은 단창을 인벤토리에 집어넣고 철시를 꺼내 성벽을 올라오기 전에 들고 있던 미스릴 활의 시위에 걸었다. 노리는 것은 지휘관 급의 언데드들이었다. 언데들 중간 중간에 마력을 지닌 언데드가 섞여 있었는데 그들이 주변의 언데드를 지휘하고 있었다.

푹! 푹! 푹푹푹!

멀린은 화살을 마구 쏘아냈다. 언뜻 목표물을 확인하지도 않고 쏘아내는 것 같은 모양새지만 그 화살은 단 한 발의 오발도 없이 지휘관 급 언데드의 머리를 관통하고 지나갔다. 데케이안의 각궁만큼은 아니어도 미스릴 활 역시 장력이 강해 화살에 실리는 힘이 보통이 아니었다.

"밧줄 내려줘요!"

"뭐? 하지만 언데드들이……."

"그거 못 막을 녀석들 아니니까 걱정하실 필요 없어요."

콰!

그렇게 말하는 순간 다시 한 번 제로스의 주문이 터지며 몇백이 넘는 언데드가 터져 나갔다. 이런 대단위 전투에서 그의 존재는 아군에겐 든든하고 적에겐 두려운 주포(主砲). 때문에 언데드들은 어떻게든 그를 처치하려고 발버둥쳤지만 그 주위를 호위하고 있는 유저들 역시 결코 약하지 않았다.

키리릭!!

두 개의 검이 허공을 찢고 지나가자 마치 거대한 검룡(劍龍)이 몸을 뒤틀기라도 한 것처럼 언데드들의 몸이 찢겨 나갔다. 궁극에 이르면 하늘과 땅을 뒤집는다는 천지쌍룡검(天地雙龍劍)이었다.

텅!

실드 차지와 함께 달려들던 커다란 덩치의 언데드가 5미터 이상 날아가 다른 언데드와 함께 뒹굴었다.

"올라가자, 올라가! 이 녀석들 평균 레벨이 저질이긴 한데 숫자가 너무 많아!"

"평균 수준이 2렙이야, 2렙! 체력 고갈만 아니면 당할 일 없으니까 긴장하지 말고 가자!"

그렇게 소리치면서도 신속하게 성벽을 올랐다. 육체 능력이 극도로 떨어지는 제로스를 제외하고는 모두가 재빠른 터라 전원이 성벽에 올라서는 데 그리 긴 시간이 걸리지도 않았다.

퍽!

그리고 그 와중에도 멀린은 꾸준히 지휘관 급 언데드들을 암살했다. 어차피 그의 화살은 빗나가는 공격이 없는데다 언데드들이 방심하는 틈을 정확하게 노리고 들어갔기 때문에 지휘관이라곤 하나 고작 3레벨에 불과한 언데드들이 피해낼 수 있는 수준이 아니었다.

"올라오느라 고생하셨습니다. 이제 그만 내려가!"

촤악!

성벽 위에서 기다리던 유저 중 하나가 클레이모어를 휘두르자 자기들끼리 몸을 엮어 사다리처럼 성벽에 걸었던 언데드의 몸이 반듯하게 잘려 나갔다. 당연한 말이지만 그 위에 있던 언데드들은 죄다 땅으로 추락했다.

"슬슬 마력이 부족하지만… 한 번 더."

쾅!

제로스의 손을 떠난 불덩어리가 언데드들이 많이 뭉쳐 있는 부근에 떨어져 무지막지한 피해를 입혔다.

"저, 저 녀석들 대체 뭐야?"

"엄청 강해."

이미 성벽에 다 올라온 유저들은 베타 테스트 때의 공성전 경험을 바탕으로 언데드들을 쓰러뜨렸다. 그 과정이 얼마나 능숙한지 언데드들은 제대로 공격도 못한 채 일방적으로 학살을 당하고 있었다.

"야, 지금 몇 명 죽었지?"

"120명 정도!"

"오케이. 수월한데! 하드코어 별거 아니구먼!"

언데드들의 기세가 한풀 꺾였다는 걸 눈치채고 휘파람을 부는 한마. 하지만 언제나 그랬듯 그 입이 재앙의 근원이었다.

우오오오오오─

"헉?"

"으엑?"

"아나, 저게 뭐냐!!"

유저들은 수천의 언데드들이 모여 몸을 일으키는 모습에 기겁했다. 유저들이 기겁할 정도이니 일반 병사들이 느끼는 충격은 말할 필요도 없으리라.

"전갈아! 원래 언데드들이 저런 식으로 합체하는 게 가능한 거냐?"

"당연히 안 되죠! 저 자식들, 평범한 언데드가 아닌 것 같은데요?"

아닌 게 아니라 네크로맨서인 전갈은 이곳의 그 누구보다 지금 싸우고 있는 언데드들에게 이질감을 느끼고 있었다. 일반 좀비들이 몸을 뭉친다고 플래시 골렘이 되는 건 아니었다. 움직임의 동력원이 전혀 다르기 때문인데, 지금 그의 앞에 있는 언데드들은 너무나 당연하다는 듯 몸을 뭉쳐 덩치를 불리고 있었다. 하급이나 중급 마족들이 종종 그런 일을 한다는 이야기는 들어봤지만 언데드들이 이런 일을 할 수 있다는 건 금시초문이었다.

"제로스!"

"마력 모자라니 좀 기다려!"

"큰일 났다! 덩치가 너무 커서 제로스 마법 아니면 공격 수단이 딱히 없어!"

사람들이 비명을 지르거나 말거나 20미터 이상 덩치를 키운 플래시 골렘이 오른팔을 들어 올렸다. 20미터짜리 괴물이 기다란 팔을 하늘 높이 들어 올리니 박력이 엄청나 병사들 모두가 굳어버렸다.

쾅!

그 거대한 팔이 떨어지자 성벽 한구석이 단번에 무너져 내렸다. 거기에 짓눌린 병사들의 수는 한눈에 가늠이 힘들 정도. 게다가 플래시 골렘이 다시 팔을 들어 올릴 때 멍하게 있던 라울이 잡혀갔다.

"악! 큰일이다! 호위 대상이!"

"내 경험치!"

"구해!"

고함 소리와 함께 플래시 골렘의 손 위로 두 명의 유저가 올라탔다. 한 명은 쌍검을 들고 있는 오제, 또 한 명은 들고 있던 활을 사라지게 한 멀린이었다.

"우와아악!"

플래시 골렘을 이루고 있는 구성물, 그러니까 시체들의 손에 붙잡힌 채 비명을 지르고 있는 라울과 다르게 멀린과 오제는 침착했다.

"팔을 자르죠."

"우리 둘만으로 가능할까? 두께가 상당한데."

"제가 먼저 전력으로 자를 테니까 그 자리를 다시 베어주세요."

"넌 활이 전문인 줄 알았는데… 좋아, 믿지!"

흔들리는 손 위에서도 몸을 일으키는 오제의 모습을 보며 멀린은 내공을 움직였다. 움직인 내공은 그의 전 내공이라고 해도 무방한 4년 내공. 물론 4년 내공 자체만으로는 할 수 있는 일이 거의 없지만 멀린은 수성, 금성, 지구의 순으로 4년 내공을 32년 내력으로 증폭했다. 사용할 무공은…….

'무형인(無形刃)!'

그것은 손에서 보이지 않는 칼날 같은 기운을 뿜어내는 기술이었다. 말하자면 손으로 날리는 참격(斬擊).

콰득!

거대하긴 하나 그리 튼튼하지는 않은 육체 구조를 가지고 있는 플래시 골렘의 팔이 무형인에 의해 절반 가깝게 잘려 나갔다.

크오오오ー!

플래시 골렘은 고통을 느끼는 것처럼 괴성을 지르며 다른 한쪽 손을 움직여 멀린과 오제를 모기 잡듯이 찍어내려 했다. 꽤나 무서운 기세였지만 이미 오제는 칼을 휘두르고 있는 중이었다.

"잘했어!"

써컹!

날카로운 검세와 함께 라울을 쥐고 있던 플래시 골렘의 손목이 잘려 나가고 라울의 몸이 추락을 시작했다. 그야말로 한순간의 일이었지만 멀린과 오제의 시선이 한순간 교차했다.

팡!

그 직후 오제는 바로 몸을 날려 라울을 낚아채 성벽 위로 뛰었고, 멀린은 반대로 플래시 골렘의 팔을 따라 달려올라 갔다.

웅!

달려가는 와중에 멀린은 왼쪽 어깨 위에 떠 있던 금옥을 붙잡아 내공을 받아들였다. 금옥에는 그가 정제한 45년의 내공이 들어 있어 급할 때 내공 창고로 활용할 수 있었다.

'역시 본체가 있어!'

당연한 사실이었다. 이만한 시체들이 그냥 자기들끼리 뭉쳐 몸을 일으킬 리 만무하지 않은가. 맨 처음 몸을 일으켰던 플래시 골렘도 같은 녀석이 일으켜 세운 것이었는데, 제로스의 주문에 쉽사리 무너지자 좀 더 무리해서 커다란 괴물을 만들어낸 것이었다.

"머리군!"

소리치며 어깨 위를 달려가는 멀린의 손이 금빛으로 빛났다. 소림 최강의 수공 중 하나라는 대력금강수가 발동된다는 증거였다.

키에엑!

하지만 그 순간 플래시 골렘의 머리를 이루고 있던 시체 중 일부분이 몸을 비키더니 그 안에서 멀린보다 조금 작은 덩치의 괴물이 무언가를 뱉어냈다. 일종의 뼛조각이었는데, 그 뼛조각이 쏘아진 순간적인 속도가 어지간한 총탄보다도 훨씬 빨라 멀린으로서는 미처 반응하지 못했다.

콰득!

그러나 막혔다. 멀린이 막은 게 아닌 염체에 의한 자동 방어. [수준 이상의 속도를 지닌 공격이 다가오면 방어하라. 단, 정면으로 막는 것이 아니라 비스듬히 튕길 것]이라는 명령에 따라 염체가 움직인 것이다.

"…어?"

하지만 멀린은 처음으로 염체가 자기 역할을 완벽하게 행했다는 사실에 기뻐할 수 없었다.

쩌적.

왜냐하면 적의 공격을 막아낸 염체는 이제 농구공보다도 더 커진 알을 들고 있던 염체였기 때문이다.

쩌저적.

멀린은 허공에 떠 있는 알에 금이 가는 모습을 한순간 공황에 빠져 바라보았다. 그의 머릿속에는 수많은 생각이 교차하고 있었지만 그것들은 전부 '괜히 왔다' 라든지 '안 돼, 내가 저걸 얼마나 오랫동안 데리고 다녔는데!' 같은 후회적인 감정들뿐이었다. 하지만 그는 이내 정신을 차렸다. 어차피 알을 지키는 게 늦어버렸다면 적이라도 제대로 쓰러뜨려야 덜 손해인 게 아닌가. 때문에 그는 허공에 떠 있는 알을 지나쳐 괴물에게 돌진하려 했지만…….

획.

허공에 떠 있던 알이 저절로 괴물의 면상으로 날아들더니,

콰앙—!!

무지막지한 기세로 폭발했다. 제로스의 주문에 버금갈 정도로 무지막지한 위력이었다.

"뭐, 뭐야?"

동시에 거대한 플레시 골렘의 몸이 무너져 내리기 시작했다. 조금 전과는 다르게 시체들이 뿔뿔이 흩어지고 있는 것으로 보아 아무래도 그 한 방에 플래시 골렘의 머리에 타고 있던 괴물이 사망한 모양이었다.

"나이스!"

"대단해! 뭔 공격이야, 그거?"

"별로 마법사 같지 않더니 마지막에 한 건 하는걸!"

"수고하셨습니다!"

퀘스트를 완료했다는 사실에 기뻐하는 유저들. 그러나…….

"뭐야, 대체?"

멀린은 황당해하고 있을 뿐이었다.

『D.I.O』 4권에서 계속…

전혁 新무협 판타지 소설
FANTASTIC ORIENTAL HEROES

왕후장상

문서 위조계의 기린아 기무결.
사기 쳐서 잘 먹고 잘살던 그에게 날벼락이 떨어졌다.
바로 녹슨 칼에서 나온 오천만 냥짜리 보물지도!

기무결에게 내려진 숙제,
오천만 냥을 찾아라!

그러나 꼬인 행보 끝 도착한 곳은 동창의 감옥이었으니…….

"으아악! 이게 뭐야!! 무림맹이 왜 여기 있는 거야!"

천하제일거부를 향한 기무결의
끝없는 도전이 시작된다!

용마검전
FANTASY FRONTIER SPIRIT
김재한 판타지 장편 소설

「폭염의 용제」, 「성운을 먹는 자」의 작가 김재한!
또다시 새로운 신화를 완성하다!

『용마검전』

사악한 용마족의 왕 아테인을 쓰러뜨리고
용마전쟁을 끝낸 용사 아젤!

그러나 그 대가로 받은 것은 죽음에 이르는 저주.
아젤은 저주를 풀기 위해 기나긴 잠에 빠져든다.

그로부터 220년 후······.

긴 잠에서 깨어난 아젤이 본 것은
인간과 용마족이 더불어 살아가는 새로운 세상이었다.

Book Publishing CHUNGEORAM

유북이 아닌 자유추구~
WWW.chungeoram.com

허담 新무협 판타지 소설

FANTASTIC ORIENTAL HEROES

검은별

하늘아래 모든 곳에 있고,
결코 사라지지 않는다.

세상은 그들을 멸시하지만,
세상의 모든 야망가가 은밀히 거래한다.

선과 악이 어우러지고,
어둠과 밝음이 서로를 의지하듯
세상의 빛 그 아래 존재하는 자들.

**무수한 별이 빛을 잃어 어둠을 먹고사는
검은 별이 되어 살아가는,
그리하여 세상 모든 사람이 두려워하는…**

그들은 유령문이다!

Book Publishing CHUNGEORAM

유령이 아닌 자유추구 -
WWW.chungeoram.com

연재 사이트 베스트 1위!
어디에서도 볼 수 없었던 천재 의사가 온다!

『메디컬 환생』

언제나 실패만 거듭해 온 의사 진현,
그런 그에게 찾아온 인연의 끈이 있었으니.

"다시 삶을 살면… 어떤 삶을 살고 싶으신가요?"

다시 한 번 주어진 인생
이번엔 반드시 성공하리라!

Book Publishing CHUNGEORAM

유행이 아닌 자유추구 –
WWW. chungeoram.com